SÓLO UN MALENTENDIDO

En cuanto entraron a la oficina, Rafael metió la mano a su bolsillo, y sacó una chequera mientras la miraba profundamente a los ojos.

—¿Cuánto?—preguntó.

—¿Perdón?—Josefina lo miró boquiabierta. ¿Qué hace?

—Usted necesita dinero. Sólo trato de ayudar.

Ahora se enojó ella.

—Gracias, pero no. No puedo aceptarlo.

—Ya entiendo—metió la chequera y la pluma en su lugar del bosillo. Aceptará ayuda de parte de Consuelo pero no de mi parte.

—No puedo.

—Quiere decir que no quiere.

—Está bien, entonces no quiero. Prefiero luchar por mí misma que aceptar ayuda de su parte...un hombre a quién abiertamente desagradamos tanto mi hijo como yo.

—¿Que me desagradan?—dijo incrédulo—. Ay, señora, es que no tiene idea...

La miró furioso y luego cerró la poca distancia que todavía los separaba. Ella tuvo que estirar el cuello para mirarlo.

—Nada más para que nos entendamos bien...—su voz salió lenta y engañosa, pero no había lugar a dudas por su tono ni por el brillo en sus ojos cuando extendió los brazos para atraerla hacia él.

DESTINO: AMOR

Reyna Rios

Traducción por Nancy J. Hedges

PINNACLE BOOKS
KENSINGTON PUBLISHING CORP
http://www.encantoromance.com

PINNACLE BOOKS son publicados por

Kensington Publishing Corp.
850 Third Avenue
New York, NY 10022

Traducción por Nancy Hedges

Primera edición de Pinnacle: October, 2000
10 9 8 7 6 5 4 3 2 1

*En memoria de mi madre,
y para mi hijo, Michael.*

Capítulo Uno

—Tengo que hacer pipí, mami. De veras.

—Sí, mi hijito, lo sé. Por eso salí de la carretera. ¡Mira! Ahí hay una gasolinera.

Josefina María Hernández suspiró aliviada al frenar su viejo Mustang para pararse enfrente de una puerta con un letrero que decía: *Sanitarios*. Después de desabrocharse su cinturón, Josefina estiró sus hombros tan tensos, pero no era suficiente para quitarle el dolor que sentía en la espalda por haber manejado casi todo el día. Todavía le faltaban doscientas millas por recorrer antes de llegar a El Paso. Prendió la lámpara interior del coche, y vio su reloj. Eran las diez de la noche. Con razón estaba tan fatigada.

Había dejado atrás su pasado; era un lugar en donde había perdido todo...su hogar, sus pertenencias, su matrimonio y hasta sus tarjetas de crédito. Echó una mirada a su hijo de seis años, Miguel. *Todo menos lo más importante*, pensó.

—Vamos a ver si está cerrada con llave la puerta del baño —al sacar su llave del arranque, Josefina empujó la portezuela de su coche para abrirla, y se bajó para esperar que Miguel se deslizara sobre el asiento para bajarse. Al llegar a la puerta del baño ella movió la manija, pero no se abría.

—Tendremos que entrar para conseguir la llave.

—Apúrate, mami.

Al dar la vuelta a la esquina del edificio, Josefina se fijó en un coche negro con el motor prendido, estacionado frente a la puerta. Se sintió aliviada al saber que había otra persona presente. Desde la carretera desolada, la gasolinera se había visto casi opacada por la oscuridad. El pueblo estaba ubicado en algún punto entre Sonora y la nada.

Al fijarse más detenidamente, se dio cuenta de que el conductor era un muchacho de unos dieciocho años. Una oscura gorra tejida le tapaba la cabeza y sus cejas, y estiraba el cuello para ver hacia el interior de la gasolinera. Se oyó el toque del claxon del coche dos veces. Asustada, Josefina frunció el ceño. Los jóvenes de ahora no tenían paciencia.

Empezó a empujar la puerta de cristal, pero algo la hizo detenerse y a pesar de ser una noche calurosa de julio, sintió un escalofrío recorrer su espalda. No tuvo tiempo de analizar por qué; la mano chica que sostenía su mano la apretó, y recordó a Josefina que su hijo tenía gran urgencia. Echando su larga trenza por el hombro, Josefina empujó la puerta y entró.

Un hombre de tez olivácea estaba parado detrás de la caja registradora, y era evidente su ascendencia indígena por sus pómulos altos y facciones chatas. Su cabello lacio y sus ojos tenían el mismo color carbón que su ropa. Lo único que contrastaba con su ropa oscura era una hebilla de plata mexicana que sostenía un cinturón de piel de víbora.

Le dio la espalda a ella y empezó a juguetear con algo detrás del mostrador.

Ella sintió que su hijo le tiraba de la mano.

—¿Nos podría prestar la llave del baño, por favor?

Hubo una pausa y durante un momento pensó que el hombre ni siquiera iba a contestar.

—Ya cerramos —fue la respuesta rasposa.

El cansancio ya le hacía arrastrar los pies.

—Sólo tardaremos un momento. Es una emergencia.

Ante su insistencia, el hombre volteó y la miró a los ojos. Sus írises, grandes y negros, casi anulaban el blanco de sus ojos. Como si sonara una alarma en la cabeza de Josefina, de repente se dio cuenta de qué le había estado molestando. La gorra. El muchacho aguardando afuera usaba una. Estaban en la parte occidental de Texas en donde el aire era caluroso y polvoriento. Nadie usaría una gorra tejida en julio. Absolutamente nadie.

Como si fuera un imán, el espejo ovalado de vigilancia atrajo su atención por encima de la cabeza del dependiente. Un escalofrío de miedo le recorrió toda la espalda al descubrir el reflejo del cuerpo de un hombre postrado en el piso. Se apoderó de ella el pánico; se le hizo un nudo en la garganta y se sintió paralizada.

¡Dios mío! Están asaltando el lugar.

Josefina desvió la mirada, fingiendo que estudiaba algún objeto a su izquierda, mientras su mente luchaba para pensar. Rezó que el tipo no alcanzara a oír los latidos de su corazón.

Retrocedió un paso.

—G-gracias, de todos modos.

Ay, Miguel, pensó, *has elegido el peor momento para hacer pipí.*

Su instinto de autoconservación no podía decidir si sería mejor caminar al revés para salir o echarse a correr. Por supuesto, cualquiera de las dos opciones despertaría sospechas. Si se le acercaba lo suficiente para mirar sus ojos, él sabría que ella sabía. Josefina jamás había sido muy hábil al ocultar sus sentimientos.

Sus pies le parecían dos pesas al voltearse mientras jalaba a Miguel frente a ella.

—Vámonos, mi vida —dijo al empujarlo hacia la puerta.

—Pero...

—Ya escuchaste al hombre. La gasolinera está cerrada. ¡Vámonos! —casi gritó al reprimir las ganas de levantarlo entre sus brazos para correr.

¿Pero adónde correrían? De reojo había visto que el hombre había abandonado su lugar atrás del mostrador. Sólo podía esperar que no hubiera despertado alguna sospecha en él.

Miguel llegó primero a la puerta, la abrió, y corrió hacia afuera delante de ella.

Josefina extendió la mano para detener la puerta antes de que pudiera cerrarse pero una mano la agarró por la trenza y la jaló hacia atrás. Ella hizo una mueca de dolor al sentir que perdía el equilibrio por el fuerte jalón en su cuero cabelludo. El brazo del hombre la jaló fuertemente hacia arriba y le rodeó el cuello para acallar su grito.

Las llaves del coche cayeron al piso mientras daba patadas y luchaba desesperadamente para respirar. Le llegó un olor de colonia barata mezclada con sudor de la camisa del tipo, y le dio náusea.

Josefina lloriqueaba desde las profundidades de su garganta y miró en dirección a la puerta. Ahí en el vidrio, observó el reflejo de sus insignificantes luchas y su vida que pasaba por sus ojos.

Jamás había deseado vivir tanto como en ese momento. Por insignificante que fuera su vida hasta ese momento, deseaba vivir para vivir mejor. Para hacer algo que importara. Para ella y para su hijo.

Su mirada se extendió más allá de la puerta de cristal, hacia la oscuridad de la noche donde aguardaba el coche. Por segunda vez esa noche, rompió el silencio el toque del claxon.

El coche corrió hacia adelante unos cuantos metros, se paró y luego desapareció con un chillido rezongante de llantas.

¡Dios mío, Miguel!

—¡Hijo de puta! ¡Cobarde! —gritó su asaltante a la luz trasera que se alejaba.

Su cómplice lo había abandonado. Josefina tembló ante la implicación de lo que podría significar para ella. Su cuerpo tembló violentamente y cerró los ojos.

El hombre la volteó y la empujó hacia atrás. Se tropezó y Josefina extendió la mano frenéticamente para sostenerse de algo—cualquier soporte de vida—pero no tenía caso. Su cuerpo giró hacia atrás. Entonces su cabeza chocó contra algo duro y perdió el conocimiento.

El alguacil Rafael Santos prendió el radio de su coche y se acomodó en el asiento para relajarse después de un largo día. Tenía cuatro botones programados con su estación vaquera favorita, otro con música popular, y dos más con estaciones mexicanas, y Dios salvara a quien cambiara su programación.

Había pasado la mayor parte del día escribiendo informes y buscando a una de las vacas de Jesse Leal, que se le había salido del corral para echarse a correr por la carretera. A la esposa de Jesse por poco le dio un infarto, porque estuvo a punto de atropellar a la vaca con su nuevo Cadillac. Luego el gato anaranjado de Maya Rivera se había trabado en el tejado de la casa otra vez... por segunda vez esta misma semana. A Rafael a veces le daba la impresión de que ella misma subía al felino con tal de que él pasara a platicar con ella. Caray, no cabía duda de que el reloj biológico de ella estaba corriendo. Decidió que la próxima vez que llamara Maya, enviaría a Javier, su ayudante.

Rafael dio la vuelta hacia el camino Rupert. En cuanto llegara a casa, tenía toda la intención de relajarse, tomar una cerveza, y ver un programa nocturno en la televisión. Era lo mejor que podía esperar en este lado del paraíso.

Unos faros brillantes pasaron a Rafael a gran velocidad, pero los ignoró. Él estaba fuera de servicio y nada menos grave que un homicidio le haría alterar sus planes esta noche.

Dentro de un minuto llegaría a la Gasolinera y Abarrotes de Jaime García, y aminoró la marcha del coche. Era su costumbre pasar a revisar el lugar para estar seguro de que el viejo viudo estuviera bien. De vez en cuando Rafael entraría para saludarlo, pero a estas horas Jaime habría cerrado el negocio.

Hubo un destello de sorpresa en los ojos de Rafael al notar que un Mustang salía de la entrada de Jaime y pasaba al lado de él. Rafael miró al reloj del tablero. Ya pasaba mucho de la hora de cerrar de Jaime.

¿Un cliente? Quizás, pero más valía que registrara el lugar de todos modos, pensó al meter su coche al estacionamiento, para luego frenarlo frente a la puerta para bajarse del vehículo.

Rafael automáticamente tocó su pistola enfundada al abrir la puerta cuidadosamente. Entró y registró rápidamente el cuarto.

Descubrió dos cosas al mismo tiempo. Un niño pequeño estaba sentado en el suelo al lado de un cuerpo que inconfundiblemente era de una mujer, y una imagen en el espejo de vigilancia claramente definía el cuerpo atado de Jaime.

Se dirigió primero a Jaime.

En cuanto hubo liberado a Jaime y le había dicho que pidiera una ambulancia, el niño había empezado a sollozar incontrolablemente.

Al arrodillarse Rafael para examinar a la mujer, el niño retrocedió y rápidamente se limpió las lágrimas con el dorso de su mano, pero sin quitar la mirada de encima de su madre. Rafael no pudo distinguir mucho más que una mejilla manchada de lágrimas y una gorra de béisbol, pero sabía que no contaba con más de cinco o seis años.

Rafael revisó el pulso de la mujer. Estaba viva, pero tenía una palidez mortal. Durante un momento, miró los moretones que tenía en el cuello, y sintió su propia garganta ardiente y estrecha al pensar en el hijo de puta que le había hecho esto. Se encontró deseando acurrucarla entre sus brazos, pero se limitó a tocarla suavemente en el hombro, y al levantar una de sus pequeñas manos para darle un apretón tranquilizador.

Rafael sacó un radio del cinturón y oprimió el botón de transmisión.

—Despachador, habla Santos. Estoy en el negocio de Jaime. Hubo un asalto agravado aquí. —La estática distorsionó la respuesta al otro lado de la línea—. Una víctima, mujer, caída en el lugar. Sospechoso se encuentra manejando un Mustang rojo del año setenta y seis o setenta y siete, visto por última vez dirigiéndose hacia el norte en la autopista 10. Placa desconocida en este momento. —Rafael hizo una pausa para sacarle a Jaime una descripción del ladrón, y luego pasó la información a su oficina.

Rafael miró de nuevo a la mujer.

—¿Cómo se llama ella? —preguntó al muchacho.

—Josefina —fue la triste respuesta.

—¿Cuál es su apellido?

—Hernández.

—Señora Hernández. Señora, ¿me escucha usted?

La voz grave permeaba hasta las profundidades de la mente de Josefina como un susurro en la distancia. Trató de mover sus párpados pero los sentía demasiado pesados y se dio por vencida.

—¡Josefina!

Esta vez, el timbre grave en la voz vibró con más fuerza, y penetró la masa nebulosa que sujetaba a Josefina en la inconsciencia.

De alguna parte la asustó un ruido agudo y su cuerpo se retorció en convulsiones. Algo le tocó el hombro —algo seguro y sólido— y tembló por su calor.

Josefina sintió que su cuerpo luchaba para despertarse, pero quería permanecer escondida, en la seguridad. Su abuela estaba con ella, diciéndola que esto le había sucedido alguna vez a otra persona. Abuelita le decía que era un susto —cuando un profundo miedo ahuyentaba al alma del cuerpo. Una persona que sufría un susto podía descansar, recuperarse y retirarse al bajo mundo sin caer en la condena.

Josefina quería revolcarse en el bajo mundo, quería hundirse más, pero la voz masculina insistía en jalarla de nuevo a la superficie, despertando en ella la curiosidad de ver quién estaba en el otro extremo de aquella voz grave.

Josefina oyó un gemido y se dio cuenta de que provenía de ella.

—Mami, por favor, despierta.

—¿Miguel? —el nombre de su hijo salió de sus labios con un jadeo doloroso, y tragó en seco para apaciguar el dolor seco en el fondo de su garganta.

—Tranquila. Su hijo está bien.

Josefina se esforzó para abrir los párpados y luchó para enfocar, pero no podía ver más allá de la montaña que estaba frente a ella. Al ajustar la vista ante la luz, la montaña se convirtió en unos hombros anchos. Alzó la mirada a los ojos del gigante. En la cabeza tenía un sombrero vaquero color crema que le hacía sombra a su cara, pero que no ocultaba el color de sus ojos. Eran color de miel, casi dorados.

—¿Señora? Soy el alguacil Santos. ¿Me puede usted escuchar?

—¿Es usted mi santo? —preguntó con dificultad.

—¿Qué si soy su santo? —repitió él. Una profunda ranura apareció en cada extremo de su boca al sonreír por el juego de palabras con su apellido—. Me han acusado de muchas cosas, pero de ser santo nadie me ha acusado jamás. ¿Parezco santo?

Josefina se frunció el entrecejo.

—No... Es muy grande —murmuró, como si con eso se explicara todo.

Al pararse atrás de Rafael, Jaime habló.

—Pobrecita. Voy a salir a esperar a la ambulancia.

Rafael asintió con la cabeza.

—Señora Hernández, ¿cuántos dedos ve usted? —preguntó Rafael, al alzar su dedo índice y su dedo corazón.

Josefina parpadeó al tratar de enfocar mejor. Cuidadosamente, luchó para sentarse. El brazo del alguacil la rodeaba y el calor de su mano le daba fuerza y seguridad.

Pero no estaba segura, jamás volvería a sentirse segura.

—Dos —respondió Josefina y desvió la atención hacia su hijo—. ¡Miguel!

—Aquí estoy, mamá. Tuve muchas ganas de hacer pipí. Y tenía miedo. Hice pipí en los arbustos.

Josefina no sabía si quería reírse o llorar. Se decidió por un sollozo y luego tocó su mejilla.

—Ay, bebé. Me da tanto gusto que estés aquí. Pensé...—pero Josefina no pudo terminar las palabras.

—Quieta, señora Hernández, que debe de llegar en cualquier momento la ambulancia.

Su voz, por grave que fuera, también era suave, y le recodaba a la arena cernida por unos dedos perezosos. Como granito con seda.

—No. Ningún hospital —dijo e hizo una mueca de dolor por una punzada en la cabeza—. Por favor, nada más ayúdeme a levantarme. Estaré bien.

Él estaba dudoso.

—Tiene usted un golpe fuerte en la cabeza. Creo que sería mejor que la revisara un médico.

Josefina miró tristemente a su hijo. No cabía la posibilidad de un médico. No tenía dinero. Lo sabía porque acababa de contar sus ahorros justo antes de emprender este viaje.

—Mi bolsa —susurró—. ¿Podría buscar mi bolsa?

Rafael no vio nada en el piso.

—No hay ninguna bolsa aquí. ¿Conducía usted un Mustang? —le preguntó Rafael al recordar el coche que había salido de la entrada.

—Sí —lloriqueó al sentir su corazón desplomarse—. Me lo robaron también, ¿verdad?

—Lo lamento mucho, pero sí. ¿Hay alguien a quien puedo avisar?

—No.

—¿Viene a visitar a alguien aquí en Sandera?

—No —Los ojos de Josefina fueron atraídos por su placa de alguacil. Empezó a decirle que sólo se habían detenido para usar el baño, pero de repente la situación le pareció tan ridícula que trató de reírse, pero no pudo. No había nada chistoso en su dilema. Había estado en el lugar equivocado en el momento menos propicio.

Una lágrima recorrió su mejilla y rápidamente la limpió. Parecía que había estado en el lugar equivocado durante toda su vida.

—No puedo pagar un médico —dijo avergonzada, pero al mismo tiempo enojada porque no tenía el menor control de su situación.

—No se preocupe, pues conozco personalmente al médico —respondió Rafael.

Josefina frunció el entrecejo.

—Míreme, señor alguacil. Puedo mover mis brazos y mis piernas y...—miró hacia abajo y notó que le habían arrancado los dos botones superiores de su blusa durante la lucha y se notaba la parte superior de sus senos. Alzó la mano para cerrar la apertura, pero no pudo y desvió la mirada—. No hay nadie que me cuide a mi hijo.

—No se preocupe. Estará bien.

Josefina estaba acostumbrada a escuchar las falsas promesas.

—Sí, cómo no. Me son muy familiares esas palabras. Tiene que ser el pasatiempo del hombre... —la palabra *mentir* colgaba en el aire entre ellos, sin pronunciarse pero visible de todos modos, y tragó su respuesta, pasmada por su propia descortesía ante este hombre que sólo se esmeraba en el desempeño de su deber. A pesar de todo, él no tenía manera de saber que ella había estado casada con un hombre que le había enseñado muy bien el significado de la palabra *engaño*. Lo miró, y se sintió avergonzada de nuevo.

Algo parpadeó en las profundidades de sus ojos color de ámbar y su respuesta fue acallada por el ruido de una sirena que se acercaba. Un minuto después, dos hombres entraron apresuradamente, y Jaime lo seguía de cerca. Al bajar una camilla, uno de ellos saludó:

—Oye, Rafael, ¿cómo te va?

—Bien —Rafael frunció el entrecejo mientras Josefina se ponía de pie, tambaleante. Le rodearon sus brazos y contra su propia voluntad, Josefina se desplomó débilmente contra su pecho.

Así que ese es su nombre, pensó Josefina mientras escuchaba el latido de su corazón como si fuera un tambor amortiguado. Agradable nombre, pero era demasiado brusco, demasiado macho, y ella jamás confiaría en un hombre guapo.

Habló uno de los paramédicos.

—Señorita, vamos a acostarla.

—¡Yo no me voy a acostar en esa cosa! —dijo ella con una gran autoridad que no sentía.

Los tres hombres miraron a Rafael.

Él la miró desde las alturas de su ser y se empeoró el dolor de cabeza de ella. Había visto esa expresión antes en la cara de su madre cuando estaba a punto de dictar una sentencia.

Josefina jadeó un poco cuando Rafael la levantó en sus brazos para encaminarse en dirección de la puerta.

—Vamos, Miguel. Y llamen ustedes al doctor Garza para decirle que estamos en camino. Jaime, cierra el negocio y vete a casa.

Josefina se sentía demasiado débil para luchar, pero su debilidad era más por estar tan cerca de este hombre. Hacía mucho tiempo que no la abrazaba un hombre y, por poco personal que fuera para él, Josefina no estaba preparada para experimentar la sensualidad de ser abrazada tan estrechamente. Su colonia olía muy agradable —no como la colonia del otro hombre. Rodeó su cuello con los brazos y sus manos tocaron sus sólidos hombros masculinos. De repente recordó que tenía la blusa abierta y que sus senos estaban al descubierto y cerca de la vista de él. Durante un momento, examinó su cara a escasos centímetros de la suya y cuando se encontraron sus miradas, ella desvió la suya.

—¿No es una infracción de la ley esto? —bromeó, haciendo un esfuerzo para romper el silencio tan incómodo.

—Señora, yo *soy* la ley —respondió secamente—. Es mi deber asegurarme de que todo el mundo se encuentre seguro en este condado. Está usted herida y me imagino que se encuentra lejos de casa, su hijo está cansado por tanto preocuparse por usted, y usted necesita atención médica.

Tenía razón, y ella se sintió debidamente castigada.

—Discúlpeme. Yo sé que sólo quiere ayudar y reconozco que estoy dificultando aún más las cosas.

—Así es.

Se paró justo atrás de la ambulancia. Los paramédicos colocaron la camilla en el suelo y él acostó suavemente a Josefina encima.

—Nos veremos en el hospital. Usted y el doctor Garza deberían llevarse muy bien. Él es casi tan terco como usted.

—¿Y será capaz también de tenerme como rehén? —el intento de bromear de Josefina se desvaneció y le ofreció una sonrisa débil.

—Le puede preguntar eso usted mismo —levantó a su hijo para acompañarla.

Estaba a punto de cerrar las puertas cuando ella habló.

—Quiero lavarme el cabello —murmuró sin sentido.

Rafael sonrió y meneó la cabeza mientras se dirigía en dirección del hospital Sandera. Podía comprender su temor por su hijo. Que quisiera lavarse el cabello en semejante momento, no lo comprendía. Pero jamás se había vanagloriado de poder comprender a las mujeres.

Hubo un mensaje que había comprendido muy bien, sin embargo: ella no confiaba en los hombres. Se preguntó por qué se sentiría así.

Josefina Hernández era una mujer muy guapa, y trató de no pensar en cómo le quedaba su pantalón de mezclilla. El resto de su cuerpo no estaba nada mal, tampoco. Recordó cómo había intentado cerrar su blusa sin poder lograrlo, y cómo se había expuesto su suave piel oscura. Su largo cabello color azabache estaba atado en una sola trenza, y durante un momento se preguntó él cómo se vería suelto sobre sus hombros.

Bueno, más le valía dejar de pensar en ella. Josefina Hernández tenía un hijo y lo más probable era que tuviera un marido en alguna parte. Por azares de la vida se había quedado sin recursos en este pueblo, pero pronto se iría.

Sin embargo, dudaba mucho que pudiera olvidar sus oscuros ojos terrosos ni su boca tan sensual. Su labio inferior tenía una mella poco usual, como una hendidura en el centro, que le hacía a sus labios formar una especie de mohín sensual. Prendió el radio, y subió el volumen más que lo acostumbrado.

Diez minutos más tarde metió su coche en el estacionamiento del hospital y se estacionó cerca de la Sala de Urgencias. Llamó de nuevo a su oficina para avisarles de su paradero.

Cuando encontró a Josefina, la tenían acostada y cobijada, y acomodada contra varios cojines y ya le habían suministrado un sedante. El doctor Garza estaba parado al lado de su cama.

—Por lo visto la convencieron de quedarse —sonrió Rafael al sentarse en un silla al lado de la cama. Ella parecía pequeña en el enorme camisón del hospital.

Josefina lo miró cautelosamente.

—Tenía usted la razón. El doctor es bastante convincente.

El doctor colocó un expediente que había estado examinando sobre la mesa y echó una mirada seria a Rafael.

—No sería conveniente interrogarla en este momento. Josefina tiene una leve conmoción cerebral y no está en condición física más que para descansar.

Quiero asegurarme de que no sufra alguna reacción alérgica a los medicamentos.

—¿Josefina? —preguntó Rafael.

Ella se sonrojó.

—Sí. Así me llaman.

—No me diga —se vio pensativo un momento, y luego echó una mirada alrededor del cuarto—. No está mal el alojamiento. No conocía esta habitación.

El doctor Garza sonrió.

—Esta habitación la usamos los médicos que estemos de guardia. Uno de los tres es un hombre alto y robusto y exigió que le proporcionáramos una cama matrimonial para que cupiera —miró a Josefina sobre el armazón de sus lentes—. Nadie la va a usar esta noche, así que está perfecta para usted y su hijo.

Josefina asintió cortésmente con la cabeza.

—Gracias, doctor Garza.

Le dio una palmadita paternal en la mano.

—De nada. Trate de descansar. Vendré a revisarla más tarde —al salir por la puerta, movió la cabeza en dirección de Rafael—. Me gustaría hablar contigo más tarde.

Al oír mencionar a Miguel, Rafael se dio cuenta de que no estaba en el cuarto.

—¿Dónde está su hijo? —le preguntó.

Como si fuera por indicación, se abrió la puerta del baño y Miguel entró al cuarto, su carita lavada de toda la tierra y lágrimas. Desde el rayo de luz, miró a Rafael.

Rafael se quedó pasmado y lo miró incrédulo. Durante un terrible momento, pensó que estaba soñando.

El chirrido de las patas de la silla contra el suelo cayó en un golpe seco al levantarse Rafael.

—Tengo que retirarme —dijo.

—¿Le sucede algo? —preguntó Josefina, pero ya se había ido.

Rafael apenas llegó a su coche. Las lágrimas calientes le quemaban la parte inferior de los ojos, sin brotar. Se apoyó contra la portezuela del coche, sin escuchar más que su propia respiración. Sintió un dolor tan fuerte en el pecho que se le borraba la vista.

Sin embargo, no era el dolor físico que amenazaba con desplomarlo. Él podía sobreponerse a cualquier dolor físico. Esto era mucho peor. Era un dolor que provenía del espíritu —del dolor emotivo y mental de perder a alguien.

Su peor pesadilla volvió a atormentarlo desde el vacío negro de su alma como si fuera un cruel recuerdo del infierno.

¡Con un demonio! ¿Por qué no se había dado cuenta antes?

Miguel era el vivo retrato de su propio hijo.

Su hijo que le había robado la muerte.

Rafael sabía por qué no había sido obvio el parecido antes. No había prestado la menor atención al muchacho después de ver que no estaba herido. Miguel jamás le había mirado directamente, y su gorra de béisbol había sombreado su cara manchada de lágrimas.

Rafael se puso de pie y miró hacia las miles de pequeñas estrellas inmortales que manchaban el cielo de la medianoche. Se preguntó si existía el cielo. *Tiene que existir,* pensó. Luchaba para no recordar, porque los recuerdos eran su peor infierno. Los recuerdos irrumpieron de todas maneras sin ser invitados... recuerdos de pequeñas pisadas que corrían por la casa, de alzar a su hijo en el aire para gozar de sus risas tan geniales.

Recuerdos de su muerte.

Rafael apretó fuertemente sus puños. Tenía ganas de gritar, de romper algo en mil pedazos. Su corazón clamaba lo que había tenido, y lo que había perdido, y tuvo que reconocer que había sido un miserable fracaso como marido y como padre.

El remordimiento y la angustia lo llenaron con una sensación de pérdida y de soledad. ¿Por qué habían llegado esta mujer y su hijo precisamente ahora? Lo que menos necesitaba en la vida era que alguien sacara a relucir su pasado o su pena. Quería que lo dejaran en paz.

Porque Rafael estaba penando.

Josefina cerró sus ojos. Había dejado de pensar en por qué había salido tan apresuradamente el alguacil de su habitación sin explicación alguna, sin dar alguna indicación de por qué había sido tan descortés. Sólo Dios sabría lo que había motivado tal comportamiento.

Miguel se le acercó, y le echó una última mirada maternal antes de taparlo con la cobija hasta el mentón.

—Buenas noches, mamá.

Josefina le besó la mejilla y susurró:

—Buenas noches, mi hijito. Saldremos adelante de esto también, mi cielo. Te lo prometo.

Habían pasado por muchas penas juntos, y él jamás se había quejado. El amor que sentía Josefina por él era tan grande y tan profundo que a veces pensaba que iba a explotar.

¿Qué pasaría si la oficina del alguacil no localizaba su coche? De por sí ya estaba desamparada y quebrada. ¿Qué haría sin coche?

Lo que fuera que le había recetado el médico, ya

estaba haciendo efecto. Se sentía como si flotara. Decidió preocuparse por todo más tarde. Mañana tendría que enfrentarse con el mundo fuera de esta puerta. En este momento, no podía mantener los ojos abiertos.

Un poco más tarde, Josefina sintió que alguien estaba parado al pie de su cama. Abrió los ojos y reconoció las facciones serias y masculinas de Rafael así como su altura imponente.

El silencio era una barrera entre ellos mientras la observaba.

Ella no sabía qué decirle, así que volvió a quedarse dormida.

Capítulo Dos

La pesadilla sacudió a Rafael de la orilla del sueño. Se despertó desorientado y respiraba aceleradamente. Había soñado lo mismo de nuevo. Un sueño recurrente, donde extendía la mano para salvar a su hijo, pero la mano pequeña siempre se deslizaba de la mano más grande de Rafael. Sólo que esta vez, las facciones del chico habían sido las facciones de Miguel Hernández.

Rafael empujó las cobijas para destaparse y rodó para sentarse en la orilla de la cama. Al frotarse los ojos, trató de desechar la sensación de que estaba acercándose a algúna encrucijada en su vida.

Rafael no se hizo ilusiones. Era un hombre sencillo con gustos sencillos. No le gustaban los cambios. Por eso había elegido quedarse en Sandera. No había confusión alguna respecto a su futuro. Se conocía a sí mismo.

Ahora que estaba totalmente despierto, de repente recordó que el doctor Garza había deseado hablar con él la noche anterior, pero él no había estado de humor para quedarse a platicar.

Hoy era su día de descanso. Podía aplazar la junta con el médico y enviar a uno de sus ayudantes a escuchar la declaración de la mujer, pero sabía que no lo haría. Rafael siempre daba seguimiento a las cosas hasta el final.

Cerró los ojos para relajarse durante un momento. Contra su voluntad, evocó la imagen de ella. Anoche, cuando la había cargado en sus brazos, sus miradas se habían juntado, y Rafael había palpado en ella una dulce vulnerabilidad, y cierta tristeza. Durante una palpitación del corazón había sentido un vínculo con ella.

He ahí el peligro. Josefina Hernández y su hijo eran un paquete. Y cada momento que Rafael pasara cerca de su hijo, sería un momento en el infierno para él.

Pero no quería pensar en todo eso en este momento. Lo que quería y deseaba ahora era su cafecito mañanero. Se levantó y se dirigió a la regadera.

El doctor Garza, un hombre bajo y delgado, parecía enano detrás de su enorme escritorio. En ese momento, su atención estaba enfocada en una revista médica que lo hacía parecer aún más diminuto.

—¿Estás ocupado? —le preguntó Rafael desde la puerta.

El doctor dejó de leer y levantó la mirada.

—Pasa y siéntate, Rafael. ¿Qué te pasó anoche? —preguntó al apartar la revista.

—Estaba muy cansado.

—Pues, parece que no descansaste mucho que digamos. Te ves muy mal.

—Gracias, doc, siempre me levantas el ánimo —dijo Rafael al sentarse en la silla más cercana al escritorio.

El doctor Garza se encogió de los hombros.

—Deberías cuidarte mejor.

Rafael le sonrió de manera tolerante.

—Quizás vaya la semana entrante de pesca. ¿De qué querías hablar conmigo?

El doctor Garza se quitó los lentes y entrecerró los ojos al levantarlos hacia la luz. Levantó un trapo de fieltro de su escritorio, y con él limpió sus lentes.

—Parece que nuestra señorita se encuentra bastante mejor esta mañana, pero aún me preocupa. Estamos observando la herida en la cabeza y tiene moretones en el cuello y en los hombros —se puso sus lentes bifocales y miró a Rafael por encima del armazón—. Necesita quedarse en el pueblo por lo menos durante otro día. Necesito tu ayuda para convencerla, porque no creo que esté de acuerdo.

Ya le urgía ese viaje de pesca.

Rafael se inclinó hacia atrás y estiró sus largas piernas.

—Yo no creo que pueda convencerla de que se quede si está decidida a irse.

—Por supuesto que puedes —insistió el doctor—. Yo te he visto usar tus encantos con las damas, especialmente con Sara Gonzales, y ella es la peor fiera que he conocido jamás —su tono se volvió más grave—. Josefina Hernández y su hijo necesitan nuestra ayuda.

—¿Te ha dicho eso ella?

El doctor Garza traía una de aquellas expresiones que a Rafael le indicaban que no estaba conforme con la dirección que tomaba la conversación.

—Si no localizas su coche, Rafael, no tiene manera de irse.

—Siempre hay camiones —a Rafael no le importaba ser testarudo, y la expresión de censura del doctor no lo haría cambiar de parecer.

—Rafael, esa damita fue herida en nuestro pueblo. No tiene dinero, ni trabajo, y tampoco tiene coche. Y sepa Dios cómo le haya afectado todo lo sucedido a su hijo.

—¿Y el padre del hijo?

—Me informó ella que está divorciada. En este momento su ex esposo se encuentra en alta mar gozando de su luna de miel.

A Rafael le empezó a doler el estómago.

El doctor Garza meneó la cabeza.

—No, Rafael, no podemos simplemente despacharla.

Mírame, pensó Rafael. No era capaz de mirarle la cara a ese niño de nuevo.

Rafael trató de compadecerse de la mujer y de su hijo, pero no pudo. Quería deshacerse de ellos. Quería sacarlos de su vida, de su pueblo y de su mente.

—¿Cómo? —preguntó Rafael, al perder el hilo de su conversación.

—Dije que los tomaras en consideración —el doctor se puso de pie, levantó un expediente de su escritorio y lo colocó frente a Rafael—. Aquí tienes la información que me pediste respecto al caso de Velásquez. Tengo que ir a revisar a un paciente.

Rafael se inclinó hacia adelante y recogió el expediente. Después de leer tres cuartos del contenido, sonó su teléfono celular.

Josefina se miró en el espejo. Acababa de bañarse y se había lavado el cabello. Su cepillo y peine estaban en su bolsa, y sólo Dios sabría dónde estaría o si algún día la llegara a recuperar. Recorrió sus dedos por sus hebras onduladas al hacer un esfuerzo para desenredárselas, pero finalmente se dio por vencida.

Tocó su cuero cabelludo e hizo una mueca de dolor. Todavía le ardía donde el tipo la había jalado de la trenza. Josefina se estremeció, y trató de no pensar en esas horribles manos que la habían tocado. Le habían tocado su cabello y su cuerpo. Se había sentido sucia. Gracias a Dios que tanto ella como Miguel habían sobrevivido el asalto.

Durante la visita del doctor Garza esta mañana, él había sugerido que se quedara otro día, y explicó que no sería aconsejable que viajara. Josefina le había explicado cortésmente que lo pensaría, pero que tendría que tomar en cuenta a su hijo—el hospital sería un lugar demasiado restringido para Miguel. Su estómago se retorcía al pensar en su situación. Si no localizaban hoy su coche, Josefina tendría que llamar a su tía para pedirle prestado. ¿De dónde más podría conseguir dinero para el camión?

Al salir del baño, Josefina echó una mirada en la dirección de Miguel. En ese momento, los dibujos animados en la televisión habían captado su interés.

—Hola, ¿hay alguien en casa?

Josefina volteó y descubrió a una hermosa mujer hispana parada en la puerta. Medía por lo menos diez centímetros más que Josefina, que apenas medía 1 metro 65 centímetros. Portaba una camisa roja sin mangas, adornada con diamantes de imitación, metida en un pantalón de mezclilla negra, y alrededor de su pequeña cintura llevaba un cinturón de plata que le colgaba hasta la cadera.

No era lo único que le llamaba la atención a Josefina. Sobre la cabeza llevaba un sombrero negro tipo vaquero de copa plana, y dentro del galón del ala había una pluma de águila. Bajo el sombrero, el cabello color azabache de la mujer estaba suelto y lacio, y le llegaba casi hasta la cintura. Para completar el atuendo, llevaba botas color escarlata.

—Hola, soy Consuelo Rodríguez.

Josefina estrechó la mano extendida de la mujer. Una cosa que sabía con toda certeza era que Consuelo Rodríguez jamás podría entrar en un cuarto sin ser notada.

—Soy Josefina Hernández —dijo Josefina, al pensar que la mujer seguramente se habría equivocado de habitación.

Consuelo sonrió.

—Lo sé. Vine para ver cómo te sientes.

—Estoy bien —mintió Josefina. ¿Por qué se molestaría esta mujer por una absoluta extraña?

—¿Y tu hijo? —Los ojos oscuros de Consuelo recorrieron a Miguel.

—También se encuentra bien —respondió Josefina torpemente.

—Qué bueno —contestó Consuelo—. A propósito, el doctor Garza es mi tío.

A Josefina le parecía difícil creer que esta mujer tan impresionante pudiera ser la sobrina del doctor Garza. El asombro se mostró en su cara, y Consuelo se rió abiertamente al acercarse a la cama.

—Toma. Estos deberían quedarle bien —dijo al colocar una bolsa de papel café sobre la cama, y luego sacó una bolsa chica de su bolso de mano y la entregó a Josefina—. El cepillo y el peine son nuevos por si tienes curiosidad. Y por lo visto, llegué justo a tiempo para rescatarte de un pésimo peinado.

Al aceptar el regalo, Josefina sonrió alegremente.

—¡Ay, gracias! Y sí, me urge un peine en estos momentos.

—Ándale, pues péinate con confianza. Y espera un momento, que me imagino que querrás cambiarte de ropa, también.

Josefina observó fascinada mientras Consuelo sacó de la bolsa un pantalón de mezclilla, una falda, varias playeras y una blusa, así como dos camisetas para Miguel, y colocó todo sobre la cama.

—No supe si preferías un pantalón de mezclilla o una falda, así que traje las dos cosas —ofreció Consuelo.

Josefina echó una mirada en la dirección de Miguel. Los dibujos animados habían pasado al olvido ya que miraba fascinado a Consuelo.

Josefina los presentó.

Consuelo le guiñó el ojo y dijo:

—Mira, Miguelito, que también te traje un regalo.

Se agrandaron los ojos de Miguel. Titubeó un momento y miró a Josefina. Ella asintió con la cabeza. Sólo entonces extendió la mano para alcanzar el libro de dibujo y los crayones.

—Gracias —sonrió tímidamente.

—De nada.

—No me tardo nada —dijo Josefina al agarrar el pantalón de mezclilla y la camiseta blanca para entrar apresuradamente al baño. Se cambió rápidamente, y luego sacó el peine y el cepillo de la bolsa. Cayeron de la bolsa una polvera compacta y un lápiz labial, y los ojos de Josefina se le humedecieron con agradecimiento. Se miró en el espejo con gran disgusto. Su cabello se había secado y le sería difícil peinarse. Se inclinó para meter la cabeza bajo la llave y abrió la llave.

Al regresar Josefina al cuarto, Consuelo estaba sentada en la misma silla que había desocupado Rafael la noche anterior.

Consuelo alzó la vista y le sonrió.

—Esa ropa te queda mejor a ti que a mí.

Josefina lo dudaba mucho.

—Gracias. ¿Pero cómo supiste mi talla?

—Le pregunté a Rafael. Me dijo que tú y yo éramos más o menos de la misma talla, pero que tú estabas pues... este... —miró furtivamente al pecho de Josefina—...pues, mejor dotada.

—¿Así que te contó Rafael de mí? —preguntó Josefina al sentarse en la orilla de la cama.

—A decir verdad, no —admitió Consuelo—. Estaba en mi casa esta mañana y Jaime llegó y empezó a discutir lo que sucedió anoche.

Si Rafael había estado en la casa de Consuelo esta mañana, ¿habría pasado ahí la noche? ¿Sería Consuelo su esposa o novia?, se preguntó Josefina. Tenía sentido que un hombre tan guapo como Rafael tuviera una mujer en su vida.

Consuelo interrumpió los pensamientos de Josefina.

—Sandera es un pueblo chico. Aquí no pasa nada sin que se entere todo el mundo. ¿Estabas viajando muy lejos?

—Iba en camino a El Paso.

—¿Estabas abandonando a tu esposo?

—Tengo seis meses divorciada.

—Ya veo. ¿Tienes familia en El Paso?

—Ahí vive mi tía —contestó Josefina, y recordó que tendría que llamar a su tía Dora esta mañana. Le había dicho a su tía que llegaría durante esta semana.

—Qué lástima que te sucediera todo esto, Josefina. Pero gracias a Dios que lo sobrevivieron tanto tú como tu hijo —Consuelo se persignó.

—Sí que estoy muy agradecida —dijo Josefina al mirar en la dirección de Miguel. El niño seguía muy atento a su libreta de dibujo.

—¿Por qué no se quedan tú y Miguel en mi casa

hasta que localicen tu coche? —ofreció Consuelo—. Me sobra espacio.

Josefina jamás había esperado la invitación, y titubeó.

—Es muy amable de tu parte, Consuelo, pero no quisiera causarte ninguna molestia.

Consuelo hizo caso omiso de sus palabras.

—Pero no me causarías molestia alguna. Tengo toda la casa para mí solita y me sobra el espacio.

—Eres muy amable —dijo Josefina mientras doblaba la ropa y la devolvía a la bolsa.

—Josefina, yo no creo en la casualidad. Por ejemplo, el hecho de que te quedaras sin recursos en este pueblo tiene que ser porque existe alguna razón por la que tienes que estar aquí. ¿Por qué no te quedas para ver lo que sucede?

—¿Quieres decir que vivamos aquí? —se vio asombrada Josefina.

—Quiero decir que te quedes para ver si te gusta. ¿Qué pensabas hacer en la casa de tu tía?

Josefina se encogió de hombros.

—Buscar un trabajo y tarde o temprano buscar una casa para nosotros.

—Pues, eso me suena como algo que bien puedes hacer aquí. ¿Quién sabe? Quizás te resulta de buena suerte este pueblo.

Josefina se rió amargamente.

—Consuelo, me asaltaron en este pueblo. A eso no le llamo buena suerte. Soy una persona que pasaba por pura casualidad por el pueblo; un caso clásico de estar en el lugar equivocado en el momento menos propicio —desvió la mirada, dolorosa. ¡Qué maravilloso sería encontrar un lugar donde sentirse en casa! ¿Cuántas veces había fantaseado con encontrarse con su hada madrina quien le diría: *Josefina, querida, sólo tienes que juntar los tacones de tus zapatillas para encontrar el camino a casa.*

—Tuviste la suerte de que llegara Rafael a tiempo.

—Sí, y le estaré siempre agradecida —admitió Josefina.

—Es genial. No es por accidente que sea el alguacil del pueblo. Cuando necesites quien te ayude o quien te apoye, Rafael siempre se presta. Sólo pregúntale a Maya Rivera —se rió plenamente Consuelo como si fuera un chiste privado. Al notar la expresión confundida de Josefina, Consuelo le sonrió—. Es el chiste del pueblo. Y te lo contaré más tarde.

Josefina asintió con la cabeza. Ella conocía por experiencia propia la fuerza del apoyo de Rafael. Cuando la había cargado a la ambulancia, a ella le había costado mucho trabajo soltarlo. *Probablemente se debió a mi estado de choque emocional,* pensó.

—Consuelo, ¿puedo hacerte una pregunta?

—Por supuesto.

—Tú no me conoces. ¿Por qué quieres ayudarme? —Josefina no estaba acostumbrada a encontrar gente bondadosa. La mayor parte del tiempo la gente hacía una obra de caridad porque de algún modo se beneficiaban ellos mismos. La vida era una serie de condiciones.

Consuelo se encogió de hombros.

—Tú y yo somos chicanas, y en cuanto a mí se refiere, eso nos une como familia. Y las familias somos unidas. Hoy te ayudo. ¿Y quién sabe? Quizás mañana me devuelvas el favor.

Josefina asintió con la cabeza.

—Soy bastante hábil para juzgar el carácter de la gente, Josefina. Por ejemplo, yo me imagino que tú eres de la clase de mujeres que has hecho siempre lo correcto. Le preparabas sus comidas, le lavabas la ropa, le limpiabas la casa y tenías la cena preparada y lista justo en el momento que entraba por la puerta.

—¿Cómo ...?

—¿Cómo supe?

Josefina asintió con la cabeza.

Consuelo le sonrió.

—Porque he estado en la misma situación y he hecho lo mismo, chica. Y ahora tengo mi propio restaurante.

La risa de Consuelo hizo eco por todo el cuarto. Su sentido del humor era contagioso. Josefina no podía recordar cuándo se había reído tanto. La risa era algo que había faltado en su vida durante mucho tiempo.

Consuelo se puso de pie.

—Bueno, pues mi oferta está en pie. Piénsalo.

—¿Cuál oferta?

Josefina giró sobre sus talones al escuchar una voz masculina.

—¡Rafael! —Consuelo gritó y lo abrazó.

—No estarás tratando de sonsacar a nuestra invitada, ¿verdad, Consuelo?

Consuelo le sonrió y le dio un golpecito en el brazo.

—Por supuesto que no. Quise asegurarme de que Josefina esté bien. Y a buena hora llegue, además, pues tengo entendido que la comida en este lugar es terrible. Por qué no la traes a ella y a Miguelito a mi casa para comer, ¿de acuerdo? —Consuelo atravesó el cuarto para abrazar a Josefina y luego a Miguel—. Ahora sí que tengo que irme. Nos vemos a mediodía.

Al retirarse Consuelo, Rafael y Josefina guardaron un silencio incómodo.

Fue la primera vez que Josefina lo había visto sin

estar inconsciente ni bajo el efecto de sedantes. Por lo menos de un metro noventa, era muchísimo más alto que ella. Llevaba puesto un pantalón de mezclilla y una camiseta negra. Ella miró hacia arriba para observar sus facciones bronceadas. Su nariz parecía haber sido fracturada en algún momento. Tenía una boca agradable, con el labio inferior más amplio que su labio superior, pero eran sus ojos los que más la atraían. Eran intensos, y desde las profundidades doradas su mirada parecía penetrar su misma alma. Ella desvió la mirada al darse cuenta de que tenía las pestañas oscuras demasiado largas para ser hombre.

—Tiene el cabello mojado.

Avergonzada, Josefina alzó la mano para tocarse el cabello. Durante un segundo, pensó que él iba a extender la mano para tocarle el cabello, pero en lugar de eso, metió las manos en los bolsillos traseros de su pantalón de mezclilla.

La miró fijamente.

—Jaime ya hizo su declaración y nos dio una descripción del ladrón, pero también necesitamos que usted nos de una descripción también. Podemos hacerlo después de comer. ¿Logró mirar bien al hombre que estaba aguardando afuera?

Josefina meneó la cabeza.

—Era demasiado oscuro y llevaba una gorra tejida de color azul marino o negro.

Él hizo una pausa, y observó la ropa sobre la cama, y luego recorrió la mirada hacia la silla donde estaba sentado Miguel. Desvió la mirada rápidamente.

—También me han informado que localizaron su coche.

Josefina sintió una gran alegría.

—¡Qué bueno! ¡Qué maravilla!

Él alzó la mano.

—Antes de emocionarse demasiado, hay algo más.

Se desvaneció la sonrisa de ella ante el impacto de su mirada. Tenía miedo de preguntar.

—Hubo daños a su coche. En este momento está en el taller de Tino.

—¿Qué clase de daños? —preguntó ella, al prepararse para el peor de los casos.

—No funciona, así que lo tuvieron que remolcar. Tino lo revisará. Es un mecánico honesto y de confianza. Él le dirá a usted si vale la pena repararlo.

¿Si vale la pena? Su vida se complicaba más con el paso de cada momento.

—¿Dónde está el taller de Tino?

—No está lejos. La llevaré ahora mismo si quiere.

—Sí, por favor. Si no es mucha molestia.

Echó una mirada en dirección a la cama. ¿Debería dejar la ropa y regresar por las cosas más tarde? Aquella bolsa contenía el total de sus pertenencias en el mundo.

—Vamos, Miguel —Josefina tomó la mano de Miguel y luego se acercó a la cama para recoger la bolsa.

Alzó la mirada y descubrió que Rafael la observaba intensamente desde la puerta, y sus facciones parecían graves e intransigentes. Antes había creído detectar un brillo masculino en sus ojos, pero seguramente se habría equivocado.

Tardaron menos de diez minutos en llegar al taller de Tino. Al bajarse del coche, Josefina entrecerró los ojos y los tapó contra el brillo fuerte del sol tejano. El calor calcinante derretía el asfalto despedazado y le quemaba los pies a través de las suelas de sus tenis.

Una música mexicana de polca tocaba a todo volumen desde la oficina. Un hombre vestido de traje de mecánico los saludó y se presentó a Josefina como Tino, para luego llevarlos a un lote lateral.

En cuanto vio su coche Josefina, suspiró aliviada, especialmente al descubrir sus cajas que contenían su ropa y otras pertenencias. Por supuesto que habían registrado todo. Encontró su bolsa en el suelo del coche cerca del asiento trasero, y al buscar en su interior, confirmó lo que había temido.

—Se llevaron mi dinero, pero todo lo demás se encuentra aquí —echó una mirada en la dirección de Tino—. ¿Cuánto costará arreglar el coche?

Tino se limpió las manos con un trapo y lo metió en el bolsillo de su pantalón.

—Quién haya manejado este coche atropelló algo, porque rompió el tanque de aceite y tiró todo el aceite. Por eso no pudo avanzar mucho. Además, tiene problemas de transmisión.

—¿Cuánto? —repitió ella.

—Dos mil dólares, más o menos unos cuantos dólares.

—¡Dos mil dólares! —igual pudo haber dicho dos millones. Se preguntó si Tino sería el único mecánico en el pueblo.

Tino se apoyó contra la defensa delantera y cruzó un tobillo frente al otro.

—Su compañía de seguros debería pagarlo. Sin embargo, es un coche viejo. Si piensan que no vale la pena arreglarlo, puede ser que le den el valor del coche. Tendrá que preguntarles.

Por primera vez, Josefina sintió un destello de esperanza.

—¿Me permite usar su teléfono?

—Por supuesto —dijo Tino, y la condujo a su oficina. En el interior atravesó el cuarto para bajar el volumen del radio.

Josefina metió la mano a la bolsa y sacó una lista de números telefónicos así como una tarjeta de crédito telefónica que había escondido y que se le había olvidado hasta este momento. Cobrarían la llamada a Lorenzo. No se enteraría siquiera hasta después de regresar de su luna de miel. Josefina marcó el número.

En cuanto contestó el agente, Josefina explicó su situación y le dio la información de su póliza de seguro. La dejó esperando.

El estómago de Josefina gruñía fuertemente, como recordatorio que no había desayunado. Miró a los hombres y esperó que no la hubieran escuchado. Estaban platicando. Josefina observó a Rafael, fascinada por la gracia con que se movía un cuerpo tan grande. Le gustaba cómo le rozaba el cuello de su camisa su cabello color castaño oscuro. Su mirada siguió a su rostro. Él la observaba. Aquellos ojos dorados le recordaban a un lobo—un cazador. Se encontraron sus miradas, y luego Tino vio por sobre su hombro para discernir por qué Rafael no lo escuchaba. Josefina sintió un pequeño nudo en el estómago, pero lo achacó al hambre.

El agente volvió a contestar. Habló. Josefina escuchó, pero no le decía lo que ella quería escuchar. Le dio las gracias y le colgó.

Durante un largo y doloroso momento, Josefina miró fijamente al espacio como si ahí encontrara de alguna manera las respuestas para sus silenciosas dudas.

Lo que necesitaba en este momento era un milagro. Estaba en un pueblo extraño sin recursos, sin coche, sin dinero y sin seguro. Su ex esposo había dejado de pagar las primas después de prometer que las pagaría. ¡Era un desgraciado!

Josefina suspiró y pensó en su tía, quien había sido tan amable en invitar a Josefina a vivir con ella hasta que consiguiera un trabajo. La tía Dora, quien mantenía su casa impecable. La tía Dora que jamás había tenido hijos propios y quien siempre le había dicho a Josefina durante su infancia que los niños deben de ser vistos pero no escuchados, hasta que se había convertido en una mantra.

Josefina miró a Miguel, que estaba parado lealmente a su lado y quien la observaba con aquellos ojos que tanto confiaban en ella. Recordó la promesa que le había hecho que de alguna manera sobrevivirían todo esto.

Abrazó a su hijo y lo sostuvo entre sus brazos. Estaban a punto de desbordarse sus lágrimas, y su aflicción se le trabo en la garganta, impidiéndole hablar.

Forzó una sonrisa y se puso de pie, tomándole la mano en la suya para caminar a donde estaba Tino.

—¿No le importa si le aviso más tarde respecto al coche?

—No hay problema —respondió Tino.

—Gracias —volteó en dirección a Rafael—. Nada más quisiera pedirle un último favor. ¿Le importaría dejarnos en la casa de Consuelo?

Él se encogió de los hombros.

—De todos modos nos esperaba para comer.

—Gracias —logró decir Josefina.

Justo antes de ponerse sus gafas de sol, Josefina le notó un brillo contemplativo en sus ojos y se preguntó qué significaría. Rafael Santos era un hombre muy difícil de comprender, pero si tuviera que dejarse llevar por sus instintos, Josefina tendría que decir que ya estaba ansioso de deshacerse de ella.

Capítulo Tres

Josefina se paró frente al Restaurante Mexicano de Consuelo para admirar el edificio de adobe de dos plantas quemado por el sol. La pesada puerta tallada estaba pintada de color rojo, sin duda como indicio del color favorito de Consuelo, aunque las orillas de las ventanas se habían pintado de color azul turquesa.

Rafael le dio la vuelta a Josefina para abrir la puerta, y ella hizo una mueca de dolor al recordar el susto de la noche anterior. Él la miró durante un momento. Entonces la impulsó hacia adelante suavemente, con la mano sobre la base de su espalda.

Consuelo, ya en la puerta, meneó la mano para que entraran.

—Pasen, pasen —dijo ella, con la acostumbrada hospitalidad mexicana.

Josefina le devolvió la sonrisa.

—Consuelo, ¡qué hermoso restaurante!

—Gracias, estoy muy orgullosa del lugar —sonrió ampliamente al tomar tres cartas del mostrador delantero, y los llevó a una mesa al lado de una ventana.

Un mesero se acercó en cuanto se hubieron sentado.

—Juana desea hablar con usted respecto al banquete este fin de semana.

Consuelo suspiró.

—Al ratito regreso. Pidan lo que gusten. Son mis invitados —agregó al entregar una carta a cada uno.

El mesero se quedó para tomarles la orden para las bebidas, y luego se alejó.

Josefina trató de ocultar su desilusión mientras miraba la carta. Había esperado que Consuelo los acompañara a comer. ¿Cómo podría sentarse en frente de Rafael Santos y comer? Su mirada era demasiado profunda e incómoda.

Para romper el silencio, Josefina habló.

—¿Hay algo en especial que le guste de la carta? —le preguntó.

—Todo es excelente.

Cuando vio que no iba a ofrecer mayores informes al respecto, Josefina cerró la carta y la apartó. Pensó que con eso había acabado el momento de grata conversación.

Un momento después llegaron sus bebidas con un plato de nachos, por cortesía de Consuelo. Estaban cubiertos de queso asadero, salsa verde, frijoles, lechuga, jitomate y chiles jalapeños. Josefina los miró cautelosamente y luego observó cómo Rafael comía una tostada con un gran chile serrano cubierto con queso. Ni siquiera le salían las lágrimas. Josefina se maravilló de cómo podía comer esas cosas la gente.

El mesero anotó su orden y luego volvió a alejarse. Josefina echó una mirada a su hijo. El chiquillo levantó un nacho y lo saboreó cautelosamente y luego alzó la mirada y le sonrió. Josefina sonrió. Normalmente el niño le hacía burla por no comer picante ni jalapeños. Sin embargo, esta vez no se molestó en mofarse de ella, y ella intuyó que la presencia de Rafael tenía algo que ver con la timidez del niño. Su sospecha fue verificada al observar cómo Miguel miraba a Rafael para luego desviar rápidamente la mirada.

Le pareció a Josefina de repente que Rafael no se había molestado en mirar ni una sola vez a Miguel desde su llegada al restaurante. *¿No le gustan los niños?*, penso. ¿O sería nada más el hijo de ella a quien se empeñaba tanto él en hacer caso omiso?

Como una leona herida con su cachorro, Josefina quería rugir con rabia indignada. Había sido sujeta a la indiferencia de su ex esposo hacia su hijo, pero de ninguna manera tenía por qué soportar la descortesía de este hombre, en especial estando en la misma mesa. Desconfiaba de las personas que no querían a los niños ni a los animales.

Estaba tentada a decirle que si prefería retirarse, a ella le daría gusto que se fuera, pero luego cambió de opinión. No quería parecerle descortés delante de su hijo.

En lugar de eso, miró alrededor del cuarto y juró no volver a decirle una sola palabra. Pero rápidamente su curiosidad empezó a notar cada detalle, desde el mosaico de Saltillo que cubría el piso hasta la voluminosa exhibición de fotografías familiares en la pared. Un par de puertas de cristal se abrían a un patio interior, donde una fuente montaba guardia, rodeada de macetas de flores.

Le llamó la atención un grupo numeroso de personas que acababan de llegar y llenaban el cuarto con animada conversación.

Rafael se sentó hacia atrás y observó a la mujer que estaba sentada enfrente de él. ¿Qué demonios hacía él

en este lugar? ¿Por qué no la había dejado simplemente para seguir su camino? A pesar de todo, era su
día de descanso. Tenía cosas más importantes que
atender. La había traído con Consuelo y ya no tenía
que quedarse ahí.

Se había dado cuenta de que algo había sucedido en
el taller de Tino antes, pero había decidido no inmis-
cuirse en cuestiones personales con Josefina. En este
momento, lo que menos le convenía era formar algún
vínculo emocional con esta mujer.

Contra su mejor criterio observó fascinado mientras
los rayos del sol se filtraban por la ventana para iluminar
los ojos de ella. No eran tan negros como había pensado
él originalmente, sino que tenían un color como caoba.
Seguía siendo su boca que tanto lo atraía —suave, llena
y petulante. Trató de no mirar la hendidura tan erótica
en el centro de su labio inferior pero, lo atraía como si
fuera una mosca atraída por una llama, y le provocó la
curiosidad de saber cómo se sentiría tocarla; primero
con su dedo pulgar, y luego con su lengua.

Rafael se movió incómodo en su silla por la reacción física que le provocaba la imagen de tenerla pos-
trada debajo de él.

Como si reconociera que la observaba, ella encontró su mirada con la suya un momento antes de mirar
por la ventana.

El deseo de tocarla le perturbó. No quería sentirse
atraído por ella. Se le ocurrió que podría inventar alguna excusa para retirarse.

La llegada de su comida interrumpió su hilo del
pensamiento, y suspiró aliviado. Mientras comían en
silencio, reconoció que inevitablemente ella interpre-
taría su falta de conversación como descortesía.

Bajo circunstancias normales habría disfrutado de su compañía, y quizás habría dejado que su atracción por ella siguiera su curso normal. Pero no ahora, después de pasar los últimos dos años tratando de adaptarse en un mundo que se había volteado por completo. No ahora, cuándo su alma todavía sangraba, y todavía luchaba por sanar.

Y la atracción siempre abría camino a otras cosas.

Se juntaron sus miradas. Una vez más luchó para poner un poco de distancia emocional entre ellos, pero en alguna parte del corazón amargado de Rafael, surgió una conciencia. Trató de no responder al sentimiento de culpabilidad que lo apuñalaba en el pecho.

—¿Ha estado en contacto con su tía? —preguntó.

Josefina colocó su vaso de té en la mesa.

—Todavía no.

—Así que, ¿seguirá su viaje hacia El Paso? —preguntó, y la observó detenidamente.

La expresión de ella se volvió cautelosa.

—Probablemente mañana. Mi tía no nos espera hasta entonces, y Consuelo me ha invitado muy amablemente a pasar la noche aquí —sus miradas volvieron a juntarse, y esta vez le tocó a él sentirse incómodo, aunque no comprendiera por qué.

En ese breve instante su mirada se deslizó en dirección al hijo de Josefina, y descubrió aquel mundo que tanto trataba de olvidar. Algo doloroso se removió dentro de él. En menos de un latido de corazón se había dado cuenta de nuevo del misterioso parecido de este niño a su difunto hijo. Desvió rápidamente la mirada.

El desaire a su hijo no pasó desapercibido. Josefina apretó los labios fuertemente, tiró su servilleta sobre la mesa y empezó a levantarse, pero Consuelo se acercó y se sentó al lado de Rafael.

Una vez más Josefina se preguntó si Consuelo y Rafael serían novios. Era un asunto que no le incumbía, por supuesto, pero ¿cómo podía alguien tan amable y animada como Consuelo elegir un amante tan arrogante y aburrido como Rafael Santos? Josefina sólo podía imaginarse cómo sería una relación íntima, día tras día, con este engreído. Le parecía menos sensual que un nopal.

—Discúlpenme por tardarme tanto, pero tuve que hacer unos cambios de último momento para el menú de banquete de una quinceañera este fin de semana —anunció Consuelo—. Una de mis cocineras siempre se pone nerviosa porque teme que las cosas no salgan exactamente como deben de ser. Teme que se nos acabe la carne para las fajitas o que se quemen las enchiladas. Suele ser muy pesimista. Y tampoco puedo despedirla, porque es mi tía. Además, hace los mejores tamales durante las fiestas navideñas —Consuelo sonrió al pensarlo—. ¿Qué te parece la comida, chica?

Josefina se hizo hacia atrás y suspiró.

—Son las mejores fajitas que he comido jamás, pero es demasiado comida para mí —agregó al apartar su plato—. Si como un bocado más, tendré que desabrochar mi pantalón de mezclilla. —Josefina estaba incómodamente consiente de la mirada penetrante de Rafael.

Consuelo les regaló su sonrisa contagiosa.

—Bueno, pues tan pronto puedas volver a respirar, me gustaría demostrarte algo.

Josefina miró a Miguel.

—¿Ya terminaste, hijo?

Miguel asintió con la cabeza y alzó su servilleta para limpiarse la boca.

—Bueno —dijo Josefina—. Estamos listos. Y realmente me hace falta caminar un poco.

Consuelo volteó para encararse con Rafael.

—¿Quieres acompañarnos?

Rafael se levantó de su silla.

—No. Vayan ustedes. Yo tengo que retirarme —volteó hacia Josefina—. Enviaré a mi ayudante más tarde para tomar su declaración.

Apenas le dio tiempo para contestar antes de que él diera media vuelta para alejarse. Ella recordó que había hecho lo mismo en el hospital la noche anterior... se había retirado sin siquiera mirar atrás. Frunció el entrecejo al mirar detenidamente la espalda que se alejaba. Aparentemente era un hombre de muy pocas palabras.

Consuelo los alejaba de la mesa cuando de repente Josefina se detuvo. Su desagrado respecto a Rafael le había hecho pasar por alto la cortesía.

—Consuelo, ¿te importaría esperarme un momento? Necesito hablar con Rafael. No me tardo.

—Por supuesto. Ven, Miguelito, que hay alguien a quien quiero presentarte.

Josefina lo alcanzó justo cuando había llegado a la puerta.

—¡Alguacil Santos!

Rafael se detuvo, volteo y esperó.

Comenzando con rigidez, habló Josefina.

—Por poco se me ha olvidado agradecerle todas sus atenciones. Fue... muy amable de su parte.

La expresión de él siguió seria y cautelosa.

—Es mi trabajo. Me dio gusto poder ayudarla.

Josefina asintió cortésmente con la cabeza.

—Sin embargo, me salvó la vida y usted nos trajo aquí. Gracias —extendió la mano.

Él no le estrechó la mano inmediatamente, y Josefina se preguntó si él la dejaría pendiente. Cuando por fin se tocaron sus manos, ella se sorprendió al sentir la calidez y fuerza de la palma de él.

Manos cálidas, corazón helado.

—No hay de qué —fue su respuesta brusca.

Y en ese segundo antes de soltarle la mano para abrir la puerta, justo antes de que a ella le cegara el sol, se dio cuenta de que Rafael había entrecerrado un poco los ojos con una expresión ligeramente divertida en la cara.

Entonces se había cerrado la puerta ante ella, y se había ido.

Y lo había vuelto a hacer; la había dejado en el ridículo absoluto.

Bueno pues, ya se había ido, y lo más probable era que no lo volvería a ver en su vida. Al serpentear entre las mesas en busca de Consuelo, se preguntó por qué se había quedado él mirando tan fijamente a sus labios.

¿Habrá tenido la boca llena de migajas? Se sintió avergonzada al alzar la mano para limpiarse la boca por si acaso.

Consuelo condujo a Josefina y a Miguel por la cocina y por unas escaleras a la planta alta. En la cima de las escaleras, abrió una puerta que daba a un pequeño recibidor.

—Aquí tienen la sala, por supuesto, y la cocina. Es pequeña, pero yo normalmente como en la cocina del restaurante en la planta baja. Las dos recámaras están separadas por la sala y un baño. Mi recámara tiene su propio baño.

—Es muy bonito —dijo Josefina.

—A mí me sirve muy bien —admitió Consuelo con orgullo—, y no tengo que manejar para llegar al trabajo. Es la mejor parte.

—¿Tienes familia aquí en Sandera? —preguntó Josefina.

—Mi padre murió hace tres años, y un año después, murió mi marido.

—Lo siento. Tiene que haber sido terrible para ti —le partían el alma las penas de su nueva amiga.

Consuelo se encogió de hombros.

—Habían estado enfermos durante mucho tiempo. Mi hermana menor vive con mi madre, y mi hermana mayor y su marido son mis vecinos de al lado.

—Mamá, estoy cansado. ¿Puedo sentarme?

Josefina echó una mirada en dirección a Miguel justo a tiempo para descubrirlo bostezando.

—Por supuesto que puedes. Aquí, Miguel, ¿no te gustaría acostarte sobre la cama durante un ratito? Tu mami y yo podemos sentarnos a platicar aquí mismo, ¿de acuerdo?

—De acuerdo —dijo Miguel al bostezar de nuevo. Se frotó los ojos con las manos y se acostó, pero primero se aseguró de que su mamá estuviera cerca.

—Gracias —dijo Josefina a Consuelo al desplomarse fatigada en un sillón acojinado a un lado de la cama. La comida pesada que acababa de comer le había dado un poco de sueño, además. *¡Qué daría por*

*ser niño de nuevo para poder dormir tan profunda-
mente!*, pensó.

La impactó de nuevo la gravedad de su situación, y
le daban ganas de cerrar los ojos para apartarse del
mundo, y para descansar de la gran ansiedad que la
atormentaba en este momento.

—Así que, ¿cómo siguen las cosas? —Consuelo
acercó una silla de frente a un tocador y la colocó a un
lado de Josefina.

Las lágrimas amenazaban con brotarle, pero Josefina las desvanceció al parpadear.

—Encontraron mi coche, pero no funciona y necesita reparaciones mayores. La compañía de seguros se
niega a pagar porque mi ex esposo no pagó las primas
como había prometido.

Consuelo asintió con la cabeza comprensivamente.

—Así que ahora estás desamparada con una cuenta
de reparación y sin coche.

—Sí —suspiró Josefina.

Consuelo echó un vistazo en dirección de la cama y
bajó su tono de voz.

—Bueno, pues mi invitación sigue en pie. Estás
muy bienvenida a quedarte aquí mientras decides lo
que quieres hacer.

Josefina forzó una sonrisa débil.

—Gracias, Consuelo. De verdad que sí me gustaría
quedarme esta noche. Llamaré a mi tía Dora mañana
para que nos envíe el pasaje para el camión.

Consuelo se quedó callada un momento.

—Hay otra alternativa, Josefina. Da la casualidad
que necesito una empleada aquí en el restaurante. Una
de mis empleadas renunció para tener un bebé y quedarse en casa. Si quieres, podrías trabajar aquí hasta

que juntes el dinero para arreglar tu coche. Te pagaría
la pensión completa más salario y propinas, y tendrás
a Miguel cerquita.

Durante un momento, Josefina se vio un poco espe-
ranzada.

Consuelo se inclinó hacia ella.

—Josefina, lo primero que siempre le digo a cualquier gente que me cae bien—y créeme que no me es-
mero en molestarme por mucha gente—les digo que
respiren profundamente y que luego hagan lo que les
dicte el corazón. Yo comprendo que estás pasando por
momentos muy difíciles, pero trata de no dejarte abatir por nada, porque si te dejas abatir, no podrás salir
adelante. ¿Me comprendes?

Josefina asintió con la cabeza.

—Y estas personas... ¿siguen tus consejos?

Consuelo inclinó la cabeza de lado.

—Bueno... de alguna manera, que es por lo que el
segundo consejo que siempre les doy es que no hagan
caso a lo que dije. Si luego no salen bien las cosas, no
pueden echarme la culpa.

Las dos mujeres se rieron. Esta mujer le caía muy
bien a Josefina. Consuelo la hacía reír. Era una mujer
diminuta, pero con un enorme corazón.

Josefina no se resistió las ganas de preguntarle.

—Si no es indiscreción, ¿puedo preguntarte si si-
gues tus propios consejos?

Se le marcó un hoyuelo en una mejilla.

—Absolutamente. Andar como espíritu libre me
da la oportunidad de ampliar mis horizontes. Trato
de no tomar la vida demasiado a pecho —se quedó
pensativa durante un momento—. Aunque a decir
verdad, no siempre fui así. Yo aprendí por los golpes

que da la vida. Pero es otro cuento y no quiero aburrirte.

Josefina no podía creer ni por un momento que nada referente a Consuelo pudiera ser aburrido.

Consuelo le dio una palmadita en la mano.

—Dime algo... ¿por qué tienes que encontrar el sentido de las cosas? ¿Por qué no confías simplemente? Nada más aviéntate y a ver cómo te sale.

Josefina suspiró.

—Ojalá que compartiera tu certidumbre.

—No se trata de certidumbre. Yo simplemente sigo la corriente de la vida. Tú puedes hacer lo mismo. Confía en tu fe, Josefina, y déjate llevar por tu destino.

Josefina se rió amargamente, al pensar en lo que el destino le había deparado a últimas fechas. Estaba quebrada y desamparada en un pueblo extraño, rescatada por un hombre cuyos ojos penetrantes le decían que no estaba bien recibida allí. ¿Qué diría Rafael si se enteraba que ella contemplaba siquiera quedarse en el pueblo? Al juzgar por la manera en que los había tratado a ella y a su hijo hoy, probablemente haría una colecta con tal de deshacerse de ella.

Josefina despejó la garganta.

—¿Puedo darte mi decisión más tarde?

—Por supuesto.

Las dos mujeres cayeron en el silencio. Josefina se acomodó en el sillón y descansó la cabeza contra el respaldo de la silla acojinada y cerró los ojos. *Sólo por un momento,* prometió. *Sólo descansaré mis ojos durante un momento.*

Su respiración se aminoró y su nariz se movía ligeramente por la dulce fragancia de una vela prendida.

¿Sería pétalos de rosa? En algún lugar cercano, un reloj cambió de minuto. Luego otro.

El último pensamiento de Josefina antes de quedarse dormida fue que se sentía muy bonito no pensar.

Rafael se sentó tras el volante de su coche fuera del restaurante con el motor prendido, y su mente giraba con pensamientos desagradables. Habían pasado diez minutos, y todavía no había tomado ni un paso para salir.

Antes, había estado a punto de hablar con Consuelo a solas, para recordarle lo que sucedía a la gente que andaba de buenos samaritanos. A veces los perros callejeros mordían las manos de la gente que les daban de comer.

Él sabía que Consuelo ofrecería posada a Josefina y su hijo por la noche, y que mañana era capaz de pagar su pasaje en camión. Sin embargo, habría deseado que eso fuera lo único.

A Consuelo le gustaba ayudar a la gente. Rafael recordaba cómo una de sus acciones de caridad le había costado mucho. Una pareja de supuestos amigos de uno de sus primos en Houston había pasado la noche en camino a México. Se habían ido al día siguiente llevándose consigo unas alhajas de Consuelo y unos linos. Consuelo había estado furiosa. No le importaban las alhajas, pero que los linos habían sido regalos—cosas confeccionadas y bordadas amorosamente por su abuela. Fue entonces que había jurado que se volvería más cautelosa antes de volver a ayudar a nadie.

Volvió a pensar en Josefina. Una vez que se hubiera ido y ya no tuviera que mirar las facciones de la cara

de su hijo, su vida volvería a la normalidad. En el taller de Tino, ella había abrazado fuertemente a su hijo,
y Rafael pudo palpar cuánto lo amaba Josefina. Y Rafael contaba con eso—que su preocupación por su
hijo no le permitiera quedarse en un pueblo extraño.
Con todo, tenía que pensar en el bienestar y en el futuro del niño.

Alzó la mirada hacia el balcón y el cuarto de visitas
de Consuelo, adonde estaría durmiendo esta noche
Josefina.

Según lo que él conocía de las mujeres, ellas se afe-
rraban a su independencia como si fuera una cobijita
de seguridad.

Y Josefina Hernández le parecía de la clase de mujeres que valoraba la seguridad por sobre todas las
cosas del mundo. Seguramente correría ella hacia lo
conocido.

Y mañana ya se habría largado.

Él no tenía nada de qué preocuparse.

Capítulo Cuatro

—Me quedo —tamborileaba el corazón de Josefina con ánimo algo hueco al abandonar la incertidumbre para pararse ante Consuelo en la cocina de la planta baja.

Sorprendida al descubrir que se había quedado dormida, Josefina se había despertado asustada, para luego mirar en dirección de la cama adonde encontró a Miguel dormido pacíficamente. Sin pensarlo más, y en ese preciso momento, Josefina decidió aceptar la oferta de Consuelo.

Se había inclinado para besar a Miguel para despertarlo, y le informó respecto a su decisión, explicándole que sólo sería temporal. Al asentir con su cabecita soñolienta, Miguel le había indicado que estaba de acuerdo.

Y Josefina jamás tomaba decisiones a la ligera. Normalmente examinaba y analizaba todas sus opciones al grado de que finalmente alguien más tomaría la decisión por ella.

Su matrimonio había sido ejemplo de su falta de decisión. Durante varios meses, Josefina había aplazado el momento de tomar la decisión de cómo lidiar con un matrimonio desdichado. Al final, Lorenzo, que era abogado, había llegado a decirle que quería el divorcio.

La declaración de Lorenzo la había descontrolado, y hasta la fecha no se había recuperado del todo.

Josefina había considerado la posibilidad de ir a vivir con sus padres quienes vivían como jubilados en Monterrey, México, pero había decidido no hacerlo. La última conversación telefónica que había sostenido con sus padres tan anticuados había decidido todo. Habían dicho sin lugar a dudas que una mujer y madre siempre conservaba su matrimonio a pesar de lo que fuera. Por respeto, Josefina se había reprimido las ganas de decirles que a su ex marido no le gustaría mucho que Josefina se quedara mientras él y su nueva esposa planeaban su luna de miel.

Ahora que estaba parada frente a Consuelo, habiendo tomado una decisión que ultimadamente cambiaría tanto su vida como la de su hijo, Josefina se empeñó en convencerse de que su decisión no era permanente. Podría cambiar de opinión en el momento que quisiera.

Pero la verdad era que ahora que había decidido quedarse para ganar el dinero para pagar su deuda, Josefina empezó a sentirse introspectiva. ¿Alguna vez estaba en absoluto control el hombre o la mujer de su propio destino? Consuelo le había pedido que tuviera confianza y que se dejara llevar por su propio destino. Josefina estaba empeñada en no volver a vacilar. Y por si le quedaba la menor duda, Consuelo le afirmó su confianza.

—Oye, Josefina, me parece fantástico. ¡Me late que has tomado la decisión correcta! —Consuelo sonrió al

abrazar a su nueva amiga—. Ven, que quiero presentarte a todos.

Se había terminado la hora pico de mediodía, y
Consuelo abrió la puerta de la cocina para llamar a los
meseros, Dani y Enrique, junto con la edecán, Sofía,
mientras Josefina esperaba nerviosamente, dolorosamente consciente de que la cocinera la observaba muy
detenidamente.

Consuelo rápidamente la presentó a todos, y
cuando llegó a la cocinera, dijo:

—Te presento a mi tía Juana. A mí me encanta cocinar, así que muchas veces la ayudo yo. También
tengo una prima que viene los fines de semana para
ayudar en la cocina.

Josefina sonrió, y esperaba no equivocarse al tratar
de recordar los nombres de todos.

—¿Cuándo quieres que empiece a trabajar? —preguntó Josefina de manera bastante tímida.

—¿Qué tal mañana? Me informa mi tío que necesitas descansar hoy —se frunció el entrecejo Consuelo—. Tengo entendido que sufriste un golpe duro
en la cabeza. Me da mucho gusto que hayas decidido quedarte. Sugiero que se acomoden el día de
hoy tú y Miguel, y en algún momento de esta
semana, con mucho gusto les llevaré a conocer el
pueblo.

—Me encantaría eso, gracias —Josefina hizo una
pausa y luego respiró honda y nerviosamente—. Me
choca darte más lata, ¿pero habrá manera alguna de
que pueda sacar nuestra ropa de mi coche? Está en el
taller de Tino.

—No hay problema. Enviaré a uno de mis ...

—¿Primos? —Josefina terminó la frase por ella.

Consuelo le sonrió y asintió con la cabeza.

—¿Qué puedo decirte? Tengo una familia muy grande.

Algunas horas más tarde, después de que Josefina recuperara sus maletas del coche y después de guardar hasta la última prenda de ropa, la partió otro rayo de aprensión, pero lo ahuyentó. Había tomado la mejor decisión—en este momento. Decidió clasificar su decisión como un ATE: un Arreglo Temporal de Emergencia.

Salió a pararse en el balcón que estaba justo afuera de su recámara. Tenía una vista del río que pasaba por detrás del restaurante. Consuelo lo había llamado el río del Diablo, agregando que serpenteaba por el pueblo pero que casi siempre estaba seco.

Al crepúsculo, al extenderse perezosamente las sombras ante ella, Josefina observó el río durante un largo rato. Estaba tan vacío y negro como su futuro.

Ella reconocía que los siguientes días estarían llenos de actividad y que serían extraños para ella. El futuro le llegaría día tras día, y Josefina estaba empeñada en vivir cada día de la mejor manera posible.

Después de todo, eran sólo días.

El día siguiente, Josefina se presentó al trabajo treinta minutos antes de la hora indicada. Simplemente se había guiado por el ruido de los trastes y por el aroma exquisito de café recién molido en la cocina de la planta baja.

Justo antes de las once de la mañana cuando se abría el restaurante, Josefina salió a la puerta principal adónde fungiría como edecán hasta la una de la tarde.

Luego, de las tres hasta las siete y media u ocho, serviría las mesas. El horario le convenía porque le permitía tomar sus alimentos con Miguel y pasar la noche con él.

Josefina se sintió cohibida al escoltar a una pareja a su mesa. El uniforme de color rojo vivo que Consuelo le había dado la noche anterior consistía en una falda circular con una blusa de campesina que se usaba a medio hombro. Josefina se había fruncido al verse en el espejo esta mañana. La falda le parecía un poco corta, y la blusa le quedaba un poco apretada. ¿Y era su imaginación, o parecía jitomate? Se encogió de hombros. No había remedio en este momento. Tenía que terminar su primer día del trabajo.

Cuando el día terminó, le ardían los pies y tenía la espalda dolorida. Bostezando, se preguntó cuánto tiempo tardaría en ganar suficiente dinero para reparar su coche. Bostezó de nuevo. Lo pensaría mañana en cuanto pudiera abrir los ojos.

El domingo todavía no había tenido tiempo para pensarlo. Las horas volaban.

El lunes el restaurante estaba cerrado, y fiel a su palabra, Consuelo llevó a Josefina y a Miguel a recorrer el pueblo. Visitaron varias tiendas y compraron verduras frescas en el mercado. En el camino de regreso a la casa, Consuelo le contó la historia del pueblo con lujo de chismes.

El resto de la semana pasó en un frenesí de actividad mientras Josefina trataba de aclimatarse con el pueblo y con su trabajo, además de acostumbrarse a su nueva situación. Sabía que había corrido la noticia por todo el pueblo de lo que le había sucedido, porque no pasaba ni un día sin que alguien llegara a ofrecer su ayuda. Querían regalarle ropa o invitarla a una fiesta de cumpleaños o a otro tipo de festejo. Josefina cortésmente había rechazado todas las invitaciones.

La mayoría de la gente le preguntaba acerca de su experiencia terrible. ¿Era verdad que Rafael la había alzado como si fuera una bolsa de papas para llevarla al hospital? Ella, con una sonrisa muy propia, siempre contestaba que no, y que simplemente la había llevado a la ambulancia.

Consuelo comentaba que no había tenido tanta clientela desde cuando había inaugurado el restaurante hacia cinco años.

—Es un pueblo chico —repetía—. Les hace falta un poco de emoción en sus vidas, así que de momento tú les sirves para llenar ese hueco.

Pero Josefina no estaba acostumbrada a la amabilidad de extraños. Los amigos de su ex esposo habían sido esnobs. ¿Sería posible que tanta gente pudiera preocuparse por una absoluta desconocida?

Juana era la excepción. Juana, que parecía ser muy reservada respecto a Josefina, pero quien se había encariñado de inmediato con Miguel. Miguel le había despertado sus instintos maternales, y le dijo que ella tenía cinco hijos ya grandes, y agregó que ya que Miguel pensaba quedarse en el pueblo, debería aprender a cocinar, y que ella estaba dispuesta a enseñarle. Josefina se había dado cuenta de que a su hijo le caía muy bien la anciana Juana.

Aquellos ojos color de ámbar invadían constantemente los pensamientos de Josefina. No tenía manera de saber cuándo volvería a visitar Rafael a

Consuelo, pero sabía que era inevitable que volviera a visitarla. Tenía que saber a estas alturas que ella estaba trabajando en el restaurante. No porque le importara. Lo que hacía o dejaba de hacer Josefina no era asunto de Rafael. Aun así, una parte de ella se preguntaba qué diría él, o qué le parecería que ella se quedara en el pueblo. ¿O no le importaría para nada? Suspiró, enfadada por haber pensado un solo momento en él.

E igual como ella había lidiado con todo hasta ese momento, también sabría lidiar con Rafael Santos cuando llegara el momento de hacerlo.

Había comenzado el furor del sábado por la noche. Josefina ya había perdido su optimismo de pensar que disminuiría la clientela antes de las nueve de la noche al fijarse en el gentío que estaba reunido cerca de la entrada en espera de una mesa. Añoraba con subir a la planta alta y desplomarse en la cama.

Mientras balanceaba un plato de tostadas y salsa en una mano y sostenía dos cervezas en la otra mano, Josefina empujó la puerta de la cocina con un hombro, echando un vistazo en la dirección de Miguel al salir. Él estaba cenando, fascinado con la plática de Juana.

Josefina llevó los platos y cervezas a una mesa cercana y los colocó ahí, y luego sacó una pluma y un cuaderno de la bolsa de su falda y rápidamente apuntó su orden. Volteó para regresar apresuradamente a la cocina; y se topó con una pared humana.

Se le escapó un jadeo y tuvo que agarrarse de la camisa del hombre para no caerse contra la mesa que estaba detrás de ella. Unas manos fuertes aparecieron para ayudarla a recobrar el equilibrio.

Luchando para no perder la compostura, Josefina logró susurrar una disculpa al levantar la mirada para descubrir de quién era el ancho pecho. Se quedó pasmada al ser cautivada por unos ojos conocidos color ámbar. Josefina inhaló temblorosamente.

Estaba consciente de que uno de los meseros, Enrique, estaba parado pacientemente a un lado de ellos, pero no pudo discernir si la expresión en los ojos del muchacho era de lástima o de preocupación. Era como si el reloj se hubiera detenido en ese momento; las conversaciones se detuvieron y Josefina tuvo la impresión que todos se quedaron mirándolos.

Y luego desde algún lugar detrás de ella, escuchó una voz de mujer que decía:

—Oye, es ella. Es la mujer que cargó el alguacil para salvarla.

Otra voz alegre contestó:

—¡Qué afortunada!

A Josefina se le subió el color a la cara por la vergüenza. Empezaba a sentirse como si fuera un extra en una muy mala obra de teatro. Si sólo pudiera ser mago, rompería un hoyo en su mundo para escaparse. Pero Josefina ya sabía lo inútil que era luchar contra la mala fortuna.

Enderezó sus hombros.

—Hola, señor Alguacil —luchó para mantener firme su voz.

Él movió la cabeza, y su mirada recorrió el uniforme de ella, lo cual le dio la impresión a Josefina de que él también pensaba que se veía como un jitomate.

Enrique se alejó y al hacerse Rafael ligeramente a un lado, ella se fijó en una pareja de avanzada edad que ya estaba sentada en su mesa. ¡Genial! Más espectadores. Josefina trató de sonreír, pero lo único que salió fue una mueca.

—¿Está usted bien? —preguntó él.

—Claro que sí. Evidentemente, mi destino es morirme de vergüenza. ¿Se encuentra bien usted? —preguntó, y gimió por dentro. ¡Como si pudiera ella lastimarlo a él! Tan pronto como lograra despegar sus pies del suelo para alejarse de él, todos podrían doblarse de la risa a sus costados.

Se le arrugaron los ojos.

—Estoy bien.

Josefina enfocó su atención sobre el pecho de él.

—Qué bueno. Bueno, pues debo irme —al pasar a su lado, alguien gritó:

—Oiga, señor Alguacil, quizás deba cargarla a la oficina.

Una burbuja de risa comenzó a surgir entre la gente, y Josefina supo que su cara se había puesto tan roja como su ropa.

A la hora de refugiarse en la cocina, ya estaba inventando excusas para no llevar la comida a sus clientes. Podría enviar a otra gente. Pero sabía que si no regresaba, *él* la vería como cobarde.

¿Importaba eso?

—Tu comida está lista —dijo Juana, con expresión seria como si estuviera hablando de un asunto religioso. Josefina desvió la mirada y vio a Enrique que jugueteaba con un plato de comida caliente, y se dio cuenta de que ya le había contado a Juana lo que había sucedido.

Sí importaba, mucho.

Josefina alzó su mentón un poco al alzar la bandeja de comida y empujó la puerta. Debido a la gran cantidad de clientela, Consuelo había agregado mesas. La silla de Rafael se extendía por el pasillo como un gran instrumento de tortura, pero Josefina se negaba a darle la vuelta. Resuelta, respiró hondo, sumió el estómago, y se metió por el reducido espacio, tomando precauciones para ni siquiera tocarlo.

Pero como una terrible pesadilla, se encontró apretada entre la silla de Rafael y la silla detrás de ella.

Josefina se convenció de que una enfermiza broma cósmica empezaba a amenazar su universo. Raras veces leía su horóscopo, pero no se necesitaba ser genio para darse cuenta de que los Poderes del Universo habían marcado este momento para hacer unos cambios enormes en su vida. Josefina quería exigir que unos nuevos y positivos planetas o se alinearan inmediatamente o se dirigieran en otra dirección para que ella pudiera despertarse para volver a empezar. En este momento, la misma supervivencia tenía que ser una prioridad.

Para su horror, por mucho que se sumiera el estómago para hacerse más delgada, el esfuerzo había levantado un poco sus senos que ahora rozaban la cabeza de Rafael.

Él se detuvo a la mitad de una frase y arqueó de repente una ceja al girar un poco su cuerpo para ver mejor a Josefina. Se encontraron sus miradas, y luego la mirada de él bajó hacia la blusa de ella.

Rafael no movió su silla ni tampoco pidió ella que lo hiciera. De hecho, ella tenía la definitiva impresión de que Rafael estaba disfrutando su incomodidad. Pasaron varios segundos muy tensos antes de que por fin se levantara él para dejarla pasar.

Josefina sirvió la comida y luego empezó a regresar a la cocina. Casi logró pasar la mesa de Rafael, pero la mujer que estaba sentada ahí extendió la mano para detenerla.

—No debes de molestarte por las bromas —dijo—. Lo hacen de buena gana.

A mis costillas, pensó Josefina.

Rafael se puso de pie para dejarla pasar de nuevo.

—Elena, Diego, les presento a Josefina Hernández. Josefina, te presento a Elena y Diego Castillo.

Josefina forzó una sonrisa.

—Me da gusto conocerlos.

La mujer frunció el ceño.

—Supimos lo que te sucedió. Pobrecita, ¡qué terrible tuvo que haber sido para ti!

Josefina echó una mirada a Rafael.

—Sí, lo fue.

—¿Y cómo está su hijo?

—Está bien. Disculpe, pero tengo que irme. Me dio mucho gusto conocerlos.

Diego Castillo sonrió cortésmente, pero la sonrisa de Elena se congeló a medias al mirar a un punto a un lado de Josefina.

Josefina miró hacia abajo para ver qué había alarmado tanto a la mujer.

—Mamá, voy a subir para ver la televisión.

Las cejas de Josefina se fruncieron al mirar a su hijo. Tuvo que haber sido otra cosa lo que alarmara a Elena.

Josefina tocó el hombro de Miguel.

—Miguel, te presento al señor Diego Castillo y su señora.

—Hola —dijo Miguel tímidamente.

Diego se inclinó para estrechar la mano de Miguel, pero Elena permaneció sentada en silencio como si estuviera paralizada. Rafael de repente encontró otro punto hacia dónde fijar la mirada.

¿Qué demonios pasaba con estas personas? ¿O no querían para nada a los niños en Sandera? ¿O estaba enferma esta mujer?

—Fue un gusto conocer a los dos —dijo Josefina, y agarró la mano de Miguel.

—Hablaré con usted más tarde —prometió Rafael.

No si puedo evitarlo, pensó Josefina, y se dirigió hacia la cantina donde estaba sentada Consuelo platicando con dos hombres. El hecho de que Rafael le hubiera salvado la vida no significaba que tenía que caerle bien.

Al alejarse, Josefina escuchó la voz inconfundible de Rafael hablar con la mujer:

—No te preocupes.

Josefina hizo una mueca. *¿No te preocupes?* ¡Qué extraño! ¿Preocuparse de qué?

En la cantina, Josefina echó una mirada por sobre su hombro a tiempo para ver que Diego Castillo decía algo a su esposa, quien estaba obviamente muy perturbada.

¿Habrá sido algo que dijera Josefina? Recorrió la conversación con ellos en su mente. No había nada que pudo haber sido malentendido o que molestara a los Castillo.

Josefina se encogió de hombros y volvió su atención hacia Consuelo, quien estaba riéndose por algo que había dicho alguno de los hombres.

—Hola, Josefina —le saludo Consuelo.

El hombre alto al lado de ella volteó y le sonrió.

—Así que tú eres Josefina.

A Josefina se le erizaron los vellitos de la nuca. Por Dios, si alguien más sacaba a relucir su encuentro con Rafael, gritaría.

El hombre extendió la mano.

—Soy Raúl Santos, el hermano de Rafael.

Josefina se quedó boquiabierta. Notó un gran parecido, a pesar de que Rafael fuera más ancho y escasos centímetros más alto.

—¿Significa que hay dos?

Raúl echó la cabeza hacia atrás y se rió.

—Oye, Consuelo, me cae bien —cuando volteó de nuevo con Josefina, se le amplió la sonrisa—. A decir verdad, somos tres, pero yo soy el hermano amable, Josefina. Todos te dirán lo mismo.

Consuelo bufó y se rió.

Raúl hizo caso omiso de ello.

—Y el caballero y la dama en la mesa de Rafael son sus ex suegros —agregó con una sonrisa que le arrugó las patas de gallo alrededor de los ojos—. Así que ya conoces a casi toda la familia.

—No exactamente —llegó una voz y otro hombre se les acercó por el lado izquierdo de Josefina—. Y yo soy Ben Solís Leal, el primo de Raúl y Rafael.

Se saludaron de mano, pero la mente de Josefina registraba el hecho de que Rafael estuviera cenando con sus ex suegros. Así que había sido casado antes.

—Qué linda eres, Josefina.

El cumplido de Ben hizo que Josefina se sintiera incómodamente consciente de que todavía sostenía su mano, y cortésmente le soltó la mano.

—Sí, es bonita, pero más vale que te alejes de ella,

Romeo —le advirtió Consuelo—. Es madre de familia y mucha pieza para ti.

Ben se mostró ofendido.

—Oye, yo soy buena gente. Y soltero.

—Y atrevido —agregó Consuelo—. Dale un poco de espacio.

Josefina estaba tentada de ver si Rafael seguía en el lugar, pero se abstuvo de mirar hacia donde se encontraba él. Optó mejor por sonreírle a Ben.

—¿A qué te dedicas, Ben?

A él se le brillaron los ojos de interés.

—Tengo un pequeño rancho justo en las afueras del pueblo. Me gustaría enseñártelo —agregó con un tono lleno de esperanza.

Ben le parecía bastante amable, pero Josefina no quería darle la impresión de que le interesaba.

—Gracias, pero lo más probable es que no me quede en el pueblo el suficiente tiempo para visitarlo. Mi estancia es temporal.

Ben miró su vaso vacío.

—Sí, ya supe de lo de tu coche. Mala onda.

—Sí —contestó Josefina en voz baja.

Lo que fuera que iba a decir Ben fue interrumpido en el momento de mirar sobre el hombro de Josefina.

—Hola, Rafael.

Consuelo brincó al darse cuenta de que Rafael se había reunido con ellos y que estaba parado justo detrás de ella. Demasiado cerca.

Casi tiró a Ben con el codo con tal de acercársele.

—¿Puedo hablar con usted un momento?

—¿De qué? —¿qué más podía decirle que no le hubiera dicho antes?

—Es un asunto confidencial —le sostuvo la mirada.

Josefina desvió la mirada.

—Estaba a punto de llevar a Miguel a la planta alta. Consuelo habló.

—Yo iba a subir de todos modos, así que yo lo puedo llevar. Pueden usar mi oficina.

¿Era posible sentir el calor de alguien desde tan lejos? Josefina sintió que su cuerpo vibraba con algo desconocido, algo que jamás había experimentado. Lo que fuera, llenaba el aire alrededor de ella con una corriente eléctrica tan palpable que parecía extenderse hacia ella y tocarla. Respiró profundamente al caminar en dirección a la oficina de Consuelo, muy consciente de que Rafael la seguía de cerca.

Rafael frunció el ceño al mirar a Josefina caminando delante de él. Cuando la había visto riéndose tan a gusto con su hermano, había experimentado una sensación que se asemejaba al enojo. Analizó el sentimiento y decidió que había sido porque ella había decidido quedarse en el pueblo. Y él había esperado poder proteger a Diego y Elena del dolor de tener que ver a Miguel Hernández. La poca comida que había forzado a su boca le había sabido insípida. Su enojo había aumentado al ver que Raúl hablaba con Miguel, también. ¿No se daba cuenta su hermano? ¿No recordaba nada?

En cuanto entraron a la oficina, Rafael hizo un ademán para que Josefina se sentara en una de las sillas frente al escritorio. Él eligió la silla que estaba al lado de esa.

Josefina se sentó, sin expresión alguna en la cara.

Rafael metió la mano a su bolsillo, y sacó una chequera mientras la miraba profundamente a los ojos.

—¿Cuánto? —preguntó.

—¿Perdón? —Josefina lo miró boquiabierta.

—¿Son dos mil dólares, no? —empezó a garabatear algo.

—Espere. ¿Qué hace?

—Le voy a prestar el dinero.

—No —dijo ella.

Él alzó la mirada.

—¿Prefiere que se lo pague directamente a Tino?

Josefina meneó la cabeza.

—No puedo permitir que haga eso.

—Es un préstamo.

Josefina sintió tristeza, como si algo doloroso se le hiciera nudo en la boca del estómago. Un hombre más que ansiaba deshacerse de ella.

Levantó el mentón.

—¿Y a qué se debe esta nobleza? —como si no lo supiera. Lo que no sabía era el porqué.

—Usted necesita un modo de transporte para irse del pueblo. Sólo trato de ayudar.

Ahora se enojó ella.

—Ah, ya veo. Usted es otro buen samaritano, ¿no? Y le gustaría que yo le creyera que por bueno y caritativo me quiere ayudar... _yo_, que le soy una absoluta desconocida. ¿Cómo sabe que le devolvería el dinero?

Él se encogió de hombros.

—Me late.

Siguió haciendo el cheque por la cantidad indicada, y ella extendió la mano para colocarla encima de la mano de él.

—Gracias, pero no. No puedo aceptarlo.

Rafael entrecerró los ojos.

—Y su hijo, ¿qué? ¿No es suficiente sacarlo de su

casa una vez? Entre más espere usted, peor será para él.

—Mi hijo estará perfectamente bien —arrebató la mano de la mano cálida de él.

—Quizás deba pensarlo bien antes de decir que no.

Josefina rechinó los dientes.

—Ya he tomado mi decisión. Me quedaré y trabajaré para pagar mi deuda.

—Las clases empiezan en menos de dos meses. Si usted quiere llegar a casa antes del comienzo de las clases, puedo ayudarla.

Josefina se puso de pie.

—Estoy segura de que puede, pero no me sentiría bien al aceptar su dinero.

—Un caso insólito —se paró y la encaró.

—¿Qué se supone que significa eso? —replicó ella.

Rafael avanzó un pasó hacia ella.

—Josefina, una mujer jamás rechaza el dinero, por lo menos si es una mujer inteligente. Acéptelo —dijo en voz baja.

Sostuvo su pluma sobre la chequera de nuevo al mirarla, esperando, su mirada color ámbar indescifrable.

Josefina meneó la cabeza.

—Lo siento, pero no.

—Así que definitivamente ha decidido quedarse.

Levantó ella aún más su mentón.

—Sí.

—Ya entiendo —metió la chequera y la pluma en su lugar del bolsillo—. Aceptará ayuda de parte de Consuelo pero no de mi parte.

—No puedo.

—Quiere decir que no quiere.

—Está bien, entonces no quiero. Prefiero luchar por

mí misma que aceptar ayuda de su parte... un hombre a quien abiertamente desagradamos tanto mi hijo como yo.

—¿Que me desagradan? —dijo incrédulo—. Ay, señora, es que no tiene idea...

Su boca formó una mueca amenazadora. La miró furioso y luego cerró la poca distancia que todavía los separaba. Ella tuvo que estirar el cuello para mirarlo.

—Nada más para que nos entendamos bien, quiero que reflexione en algo mientras duerme en esa camita tan segura esta noche —su voz salió lenta y engañosa, pero no había lugar a dudas por su tono ni por el brillo en sus ojos cuando extendió los brazos para atraerla hacia él.

Josefina jadeó cuando Rafael bajó su boca para poseer la boca de ella. Una mezcla de sorpresa con asombro le mantuvo los ojos abiertos, pero mientras éste profundizaba el beso, los cerró. Desde algún lugar en las profundidades de su ser, algo surgió que le hizo sentir su calor... como un deseo olvidado que la hizo responder a este hombre aunque le caía mal. Los brazos de Josefina se alzaron y rodearon su cuello mientras le devolvía el beso al mismo tiempo que su razón por estar ahí pasaba al olvido, al igual que sus diferencias de opinión. Y al encontrar la atrevida lengua de Rafael con la suya, su cuerpo tembló con sensaciones que jamás había sentido con nadie, ni siquiera su marido. Josefina no tuvo tiempo para analizar el porqué, porque éste se separó y retrocedió un paso.

Su voz bajó a un susurro grave.

—Eso, dulce Josefina, es lo que sucederá si se queda.

Para cuando él había llegado a la puerta y la había abierto, Josefina estaba luchando para respirar de manera normal. Él echó una mirada sobre su hombro, y su mirada recorrió brevemente todo lo largo del cuerpo de ella.

—A propósito —bromeó—, se parece usted a un chile rojo.

Y se fue, dejando a Josefina parada ahí mirando el lugar donde había estado él, con el corazón tamborileando salvajemente.

Capítulo Cinco

—¿Un chile rojo? —Consuelo miró boquiabierta a Josefina, y luego se rió sin parar durante dos minutos.

Josefina la miró con expresión seria desde el otro lado de la mesa.

—Lo veo y no lo creo. ¿Rafael me insultó y te ríes?

Consuelo dejó de reírse un momento para limpiarse las lágrimas de los ojos.

—La verdad es que creo que te lo dijo como cumplido, Josefina.

—¿Por qué piensas eso?

—Bueno, pues para empezar, Rafael adora los chiles —Consuelo le guiñó el ojo—. Lo cuál significa que te encuentra deliciosa —empezó a reírse de nuevo.

Josefina se sonrojó al recordar el día cuando lo observó comiendo nachos.

—Bueno, yo sentí bastante ofensivo lo que dijo. Además, es tu culpa por hacerme usar este... color.

Consuelo sonrió divertida y comió lo último de sus huevos rancheros.

—Ese tono de rojo te va de maravilla. Además he leído que el rojo despierta el apetito... un color ideal en un restaurante, ¿no crees? —y luego con un tono más serio agregó—: Le dijiste alguna otra cosa justo antes de que dijera eso?

La cara de Josefina se puso ruborosa y desvió la mirada.

—No. Nuestra discusión se trataba de que él quería convencerme de irme del pueblo.

Consuelo pareció pensativa.

—Él sabe que quieres irte, amiga. Hasta se ofreció a prestarte dinero así que a mí me suena como si quisiera ayudarte.

—Yo no aceptaré su dinero —dijo tercamente.

—Bueno, entonces él tiene que respetar tu decisión.

Josefina tomó el resto de su café y apartó la taza vacía.

—Fue muy insistente en que lo aceptara.

Consuelo se sonrió.

—Estoy segura de que su intención fue buena. Pero como haya sido, una vez que llegues a conocerlo bien, verás que de cruel no tiene ni un pelo.

Josefina lo dudaba. Durante un momento, se preguntó qué diría Consuelo si supiera que Rafael la había besado. ¿Qué pretexto daría Consuelo entonces a favor de su precioso Rafael si supiera lo que había hecho? No podía comprender la necesidad de Consuelo de defenderlo cada vez que se mencionaba su nombre. ¿Qué clase de hombre inspiraba esa clase de lealtad?

¿Un amante?

Consuelo se levantó y llevó sus platos al fregadero para lavarlos. Josefina recogió las tazas y la siguió, y luego agarró un trapo del fregadero y lo llevó a la mesa.

¿Cómo se atreve Rafael a besarla y amenazarla al mismo tiempo? Josefina se preguntaba. Recorría el

trapo húmedo por la mesa vigorosamente como si al limpiarla pudiera borrar el recuerdo de su encuentro con él. Se había atrevido el muy engreído a amenazarla con volver a hacerlo si se quedaba ella en Sandera. Bueno, pues eso ya lo verían.

Pero se suponía que no lo disfrutarías, Josefina, le decía su conciencia.

Aventó el trapo al fregadero. Había sido presa fácil, era todo. Él se había aprovechado porque ella era una mujer divorciada y estaba sola. Hizo una mueca. Bueno, pues estaba muy equivocado si pensaba que se iba a dejar besar tan fácilmente la próxima vez. De ahora en adelante, ella tendría que andar con cuidado.

Josefina miró hacia el otro lado del cuarto y encontró a Consuelo apoyándose en el fregadero mientras la observaba intensamente.

—Chica, ¿estás segura de que es todo lo que te dijo? ¿Hay algo más que no me has contado?

Josefina desvió la mirada del escrutinio de su amiga. Se dio cuenta de que había estado frunciendo el entrecejo, y se forzó a sonreír. A veces le daba la impresión que Consuelo sabía leerle el pensamiento.

—No, nada más —mintió—. Rechacé su oferta de prestarme el dinero, y fue cuando me dijo que me parecía a un chile rojo.

—Hmmm. No me suena típico de Rafael, pero, ¿quién sabe? Quizás haya estado presionado últimamente.

Josefina se encogió de hombros.

—Quizás —sintió una punzada de disgusto por haberle devuelto el beso, y por haberse dejado llevar por sus emociones al estar entre sus brazos. Recorrió la lengua por sus labios como si al hacerlo pudiera borrar la huella de su beso.

No funcionó. Su boca todavía tenía su sabor.

Rafael estaba sentado al lado opuesto de su padre y de su hermano en la mesa del desayunador, y miró al líquido oscuro que su hermano llamaba café. Le estaba costando trabajo olvidar cuán suave y deseable había sentido el cuerpo de Josefina al abrazarla. Su boca le supo tan rica como se había imaginado. Más sorprendente era el hecho de que ella había devuelto su beso. De hecho, él había medio esperado que le diera una bofetada. Casi habría preferido que así fuera. Una Josefina deseosa era aún más peligrosa para sus sensibilidades.

Tomó un sorbo de café e hizo una mueca, pero esta vez no fue por el café. No había excusa por lo que había hecho. Debería haber dejado las cosas tal y como estaban, pero cuando Josefina le había dicho que pensaba quedarse en el pueblo, una parte de él tuvo que rebelarse. ¿O habrá sido por simple pánico?

De cualquier modo, Josefina Hernández era peligrosa y más valía esquivarla a como diera lugar.

—¿Tiene algo de malo el café?

Rafael parpadeó y miró a su hermano.

—¿Cómo se llama esta cosa?

—Si crees que a ti te sale mejor, adelante, aunque de verdad no creo que sea el café que te trae así.

Rafael apartó su taza.

—Sólo estoy cansado —se levantó y llevó su taza al fregadero, la lavó y la puso en el escurridor para que se secara.

Raúl se acomodó hacia atrás en su silla.

—Conocí a Josefina Hernández anoche.

Cuando Rafael no hizo comentario alguno, Raúl preguntó:

—¿Qué opinas de ella?

Rafael frunció el entrecejo.

—No opino nada respecto a ella —murmuró secamente.

Raimundo Santos, el padre de Rafael, alzó la mirada del periódico, repentinamente interesado en la plática de sus hijos.

—Tengo entendido que le ha ido bastante mal.

—Sí. Es muy buena gente. Tiene un niño también... bien chulo el escuincle —dijo Raúl al encontrarse con la mirada de Rafael.

La expresión de Rafael se agravó.

—Yo voy al pueblo. Hablaré con ustedes más tarde.

Al golpear la puerta tras él, Raúl y su padre intercambiaron miradas extrañadas.

—Qué mosca le habrá picado a éste? —preguntó Raúl.

Su padre volvió a leer su periódico.

—A lo mejor está cansado tal y como dijo.

—Sí, como no... —contestó Raúl, tomando un sorbo de café—, y yo soy la reina de Sabá. Yo vi cómo la miró anoche.

Cuando el mayor de los Santos no ofreció más plática, Raúl colocó su taza sobre la mesa.

—Quizás por fin se le está descongelando el corazón a mi querido hermano.

Ojalá que sea así, pensó su padre, pero no lo dijo.

* * *

El sol era grande y fuerte a pesar de la hora temprano, pero a Josefina y Miguel no les importaba mientras caminaban la cuadra que faltaba para el parque
municipal. Al pasar de la acera al césped, se apresura-
ron para buscar refugio bajo las ramas de los robles
cuyas hojas estaban resecas por falta de agua. Miguel
soltó la mano de Josefina y corrió hacia un columpio.

Aunque a Josefina le encantaba la idea de tener
cerca a Miguel mientras trabajaba en el restaurante, le
chocaba tenerlo encerrado en un solo lugar. Le hacía
falta correr y jugar, y este parque era el lugar perfecto
para usar un poco de energía. Josefina reconocía que
también a ella le hacía falta un poco de ejercicio después de una dieta constante de enchiladas.

Alcanzó el columpio al lado de Miguel y se colum-
piaron juntos un rato, pero Miguel se aburrió rápidamente y corrió al carrusel. Dos niños se juntaron con
él, y se rió por algo que dijo alguno de ellos. Josefina
sonrió, agradada al notar que desde su llegada a Sandera, a Miguel se le había quitado un poco de su acostumbrada timidez.

Esta mañana Josefina había llamado a su tía y a sus
padres para decirles que ella y Miguel se encontraban
bien. Su tía había preguntado cuándo iban a regresar a
casa.

Casa. Durante un momento reflexionó sobre el significado de la palabra *casa* para la mayoría de la
gente. ¿Era sólo el lugar donde crecía uno, un lugar
conocido? *Mi tierra, mi casa, mis raíces.* Ella había
escuchado a sus tíos decir eso de vez en cuando. El
Paso había sido su casa hasta casarse a los diecinueve
años. ¿Entonces por qué no se emocionaba ante la
idea de regresar allí?

Se preguntaba si a Miguel le gustaría El Paso. Rafael le había recordado tristemente que a Miguel ya lo había sacado una vez de su casa. ¿Podía volver a hacérselo? Ése era el dilema que la molestaba más todos los días.

—¿Mami? ¿Estás bien?

Josefina brincó. No se había dado cuenta de que sus ojos se habían llenado de lágrimas y las limpió con la mano.

—Ay, mi vida, yo...

—Está bien —dijo Miguel—. Te he visto llorar antes. Cuando no sabías que te miraba —pateó una piedra imaginaria.

—¿Cuándo? —Josefina tragó en seco para desalojar un nudo de su garganta.

—Esa última noche... con papá.

Josefina cerró los ojos. Había sido tan lastimada aquella noche. Devastadoramente lastimada. Entonces se había enojado... tanto así que pudo llorar. No se había puesto a pensar en cómo le afectaría a Miguel su divorcio. No hasta después.

Se le hinchó el corazón de amor por su hijo...y de dolor. Miguel era lo único perfecto que había salido de su matrimonio.

Trató de ser fuerte, pero sus palabras sólo la hicieron sentirse peor, y el aire se trabó dolorosamente en su garganta al grado que durante un momento pensó que se ahogaría.

Josefina se deslizó del columpio y se arrodilló delante de él.

—La verdad, mi vida, es que mis lágrimas son por la felicidad. ¿No te han dicho que las mujeres a veces lloramos por felices también?

Miguel meneó la cabeza.

—Pues, es la verdad. Y me agrada que tú y yo estamos seguros y juntos —Josefina forzó una sonrisa—.
Vamos a estar muy bien —le prometió.

La mirada del niño se desvió hacia los otros niños
en el carrusel. Luego volvió a descansar en ella.

—Yo lo sé, mamá.

Josefina reconoció el esfuerzo que hizo para sonreír
y se paró.

—Te invito a comer algo. Me imagino que ya tienes
hambre.

Asintió con la cabeza y tomó fuertemente la mano
de su mamá. Titubeó un momento, y luego le preguntó:

—¿Tenemos suficiente dinero?

A Josefina se le hinchó de nuevo el corazón y se
agachó para abrazarlo.

—Por supuesto que tenemos dinero. Me pagaron
hoy. Podemos ir a donde tú quieras y puedes pedir lo
que quieras, ¿de acuerdo?

—¡Qué rico! —sonrió el niño al salir juntos del
parque.

—¿Y no nos ha ido bien hasta la fecha?

—Sí, más o menos.

—¿Qué significa eso de más o menos, pequeño
travieso?

—Bueno, ¿te acuerdas cuando ese tipo estaba coque-
teándote en esa tienda y le pisé el pie? Fui muy listo.

—Oye, ¡yo pensé que había sido por accidente!

—Para nada —la jaló un poco para que se apurara.

Josefina sonrió alegremente. La mano de su hijo era
tan suave y tan segura en la suya. Quería envolverlo
en todo el amor que sentía por él en ese momento.
Quería protegerlo para siempre.

Se inclinó un poco, pero siguió caminando.

—Tengo que confesarte algo, también. Me agrada que me hayas rescatado. Gracias —agregó en un susurro de conspiración.

Intentó de nuevo bromear.

—Creo que quiero un bistec empanizado con mucho puré de papa y salsa de carne —se le revolvía el estómago con el sólo pensarlo—. Y una gran rebanada de pastel de nuez.

Miguel empezó a reírse.

—Mami, a ti no te gustan los dulces.

—Pues tú eres dulce y tú me gustas, ¿no?

—Ay, mamá —dijo al soltarle la mano para echarse a correr—. Ya te vas a poner toda cursi.

Josefina apresuró su paso.

—Entonces más te vale que corras más rápido, porque ando tras de ti y tú sabes lo que va a suceder en cuanto te alcance.

—Aguas —gritó y corrió más rápido—. Nada de cursilerías, ¡por favooooor!

Llegaron al restaurante de Consuelo con Josefina a unos cuantos pasos detrás de él. Miguel corrió hacia adentro, se paró al lado de una mesa y sacó una silla para ella. Esperó pacientemente hasta que ella se sentara para sentarse él.

—¿Quieres comer aquí? —le preguntó ella.

—Sí. Aquí me gusta.

—Entonces en ese caso, gracias, mi querido señor —dijo ella, y le aventó un beso.

Él esquivó el beso y los dos se rieron.

Sofía se acercó y colocó dos cartas sobre la mesa.

—Me imagino que ya la saben de memoria. Hola Miguel.

Miguel agitó la mano.

Sofía colocó la mano sobre su cadera y dijo:

—Ojalá que fuera *mi* día de descanso y que me estuvieran sirviendo.

Josefina sonrió.

—Mañana lo haré, pero hoy me toca a mí. Y Miguel tiene mucha hambre, ¿verdad, mi cielo?

Miguel hizo gran alarde de estar estudiando la carta, y luego la puso de golpe sobre la mesa en la dirección de Sofía.

—Yo comeré una hamburguesa con papas fritas y una coca grande.

Josefina y Sofía intercambiaron una sonrisa.

—¿Cómo? —exclamó Sofía—. Tenemos tanta comida mexicana tan rica y tú quieres una hamburguesa? ¡Dios mío! —Sofía volteó hacia Josefina—. ¿Y qué te traigo a ti?

Josefina empezó a pedir una sopa pero una expresión seria de Miguel le hizo cambiar de parecer.

—Yo comeré lo mismo con excepción de la coca. Prefiero té helado, por favor —le guiñó el ojo a Miguel—. Tanto correr me abrió el apetito.

La mirada de Miguel se alzó a un punto sobre el hombro izquierdo de ella, y Josefina echó una mirada de reojo para ver de quién se trataba. Se le aceleró el pulso y se le revolvió el estómago, justo como pasaba cada vez que lo veía. Se suponía que sería porque siempre esperaba de él sólo alguna mala noticia.

Rafael estaba sentado al lado de la ventana observándolos. Movió la cabeza en reconocimiento cortés, lo cual sorprendió a Josefina. Normalmente la miraba despectivamente. Después de lo que había hecho, ella no debería hacerle caso en absoluto. Sin embargo, por Miguel, movió rápidamente la cabeza como reconocimiento antes de darle la espalda de nuevo.

Josefina respiró hondamente mientras esperaban su comida. Cuando llegó, ella y Miguel comieron en silencio. Mucho más tarde, después de terminar de comer, miró en dirección de Rafael de nuevo y lo encontró mirando pensativamente por la ventana.

Debería haberla visto al correr con Miguel al restaurante. O quizás no hubiera pensado que ella y su hijo importaran lo suficiente para hacerles caso. Ella recogió su té y tomó un sorbito.

Rafael había estado mirando distraídamente por la ventana cuando se habían acercado Josefina y Miguel. Las risas de ella habían cautivado su atención como radar. Había sido la primera vez que la había visto reírse, pero reírse de verdad ... como si rezumara una gran alegría reprimida que sólo soltaba con medida en ocasiones muy especiales. Su mirada descansó sobre la cara de ella antes de bajarla a sus hermosos senos que brincaban por debajo de la camiseta mientras corría. Se le brillaron los ojos con interés masculino.

Rafael se movió incómodamente. Profundamente en su ser, sintió el hormigueo del comienzo del deseo, y frunció el entrecejo. Había pasado demasiado tiempo sin estar con una mujer. Indudablemente ya lo estaba afectando.

Pero no quería que ninguna mujer le complicara la vida. No porque tuviera mucha vida, pero así era como la quería. Sencilla. Sin complicaciones, sin compromisos, y sin dolor. Especialmente no con una mujer como Josefina, cuyos ojos oscuros guardaban sus propios demonios secretos al mismo tiempo que su boca de forma de corazón prometía una gran pasión que podría tumbar a un hombre hambriento.

Josefina Hernández era definitivamente una mujer de quien alejarse. No supo por qué la había besado. Quizás era por cómo lo había mirado con aquellos ojos tan hermosos y por esa boca tan sensual, mientras le decía materialmente que se fuera al demonio. Eso aunado al hecho de que ella lo había acusado de tratar de deshacerse de ella porque le desagradaba su presencia, lo cual no era cierto. Eso había sido el colmo.

Había sentido la tentación de sacudirla hasta soltarle los dientes. Lo que había hecho fue abrazarla.

Finalmente, se había vuelto loco. Era la única manera de explicar su comportamiento. Por supuesto que podría disculparse con ella y decirle que no tenía por qué temerlo. Echó una mirada en la dirección de ella, y sus ojos disfrutaron la línea de su mentón tan altanero, sus pestañas oscuras y esa boca que lo enloquecía y que lo había sacudido hasta el alma, y tuvo que reconocer que sería una mentira.

Desvió la mirada. Era demasiado tarde. Ya tenía el sabor de ella grabado en su mente.

Empujó su silla hacia atrás y se levantó. Al pasar al lado de ellos al salir del restaurante, ni siquiera miró en dirección de ellos.

Qué bueno, pensó Josefina. Le había ahorrado la molestia de hacerle caso omiso. Después de todo, ¿qué tanto significaba un simple beso? Absolutamente nada.

Ella empujó su plato vacío a un lado y empezó a levantarse.

—Oye, Miguel —dijo Consuelo al acercarse a su mesa—. Juana quiere saber si quieres un poco de ese pastel de manzana que acaba de sacar del horno.

—Claro que sí —contestó Miguel.

—¿Por qué no vas a decirle?

Miguel se deslizó de su silla y corrió en dirección de la cocina.

Consuelo se sentó.

—¿Qué sucede?

Josefina le sonrió.

—Nada importante. Hacía demasiado calor en el parque así que...

—Quiero decir que ¿qué sucede entre Rafael y tú?

Josefina frunció el ceño.

—No sucede nada. ¿Por qué lo preguntas?

Consuelo la observó detenidamente.

—Yo vi la manera en que te miraba. Parecía que se moría de ganas de una gran comida, siempre y cuando tú fueras el platillo principal.

Josefina se rió incómoda.

—Ay, Consuelo, tienes una gran imaginación. Deberías escribir novelas.

—Amiga, yo sé lo que vi. Créeme que reconozco los síntomas. Lo traes loco.

—Te equivocas —respondió Josefina secamente—. Además, pensé que era tu novio, ¿no?

Consuelo se quedó boquiabierta.

—¿Mi qué? —echó la cabeza hacia atrás y se rió—. ¿De dónde demonios sacaste esa idea?

—Pues, siempre parecen... pues, unidos.

—Bueno, pues sí que lo somos, pero sólo como amigos. Ahora, a comparación contigo... pues tú lo excitas.

Josefina negó con la cabeza.

—Eres imposible... y te equivocas. Rafael dará brincos de gusto el día que me vaya del pueblo.

Consuelo suspiró.

—Eres una chicana muy terca, pero verás que tengo razón.

—Evidentemente tú ves algo en él que yo no veo. Pero no importa si tienes razón o no. He visto cómo se porta con mi hijo, y no me gusta para nada. Es obvio que no le gustan los niños.

Consuelo guardó silencio durante un momento.

—No podrías estar más equivocada, Josefina. A Rafael le encantan los niños.

—¿Alguna ves lo has observado hablar con mi hijo?

—Pues no...

—Es porque se empeña en no hacerle caso.

Consuelo titubeó.

—Es que Rafael tiene... pues tiene problemas.

Bienvenido al club, pensó Josefina.

—No tiene por qué desquitarse con nosotros.

—No creo que pueda evitarlo, Josefina. Sufrió una fuerte depresión hace dos años, después de morir su hijo.

Josefina le echó una mirada confundida.

—¿Tuvo un hijo?

—Sí, su hijo Stevie murió hace dos años.

Josefina miró a Consuelo y trató de absorber esta información. Tragó en seco y pensó en cuán devastada estaría ella si algo le sucediera a Miguel. Querría morirse.

—Yo siento mucho lo de su pérdida, Consuelo, pero no comprendo qué tiene que ver con nosotros.

Consuelo se puso de pie.

—¿Por qué no me acompañas a la planta alta un momento? Tengo algo que quiero enseñarte.

Josefina agarró su bolsa y, después de asegurarse de que Miguel seguía con Juana, siguió a Consuelo a la planta alta.

—Acompáñame a la recámara. —Consuelo caminó a su ropero y extendió la mano para alcanzar algo que estaba en el estante superior. Al verlo mejor, Josefina descubrió que se trataba de un álbum de fotografías.

Josefina notó algo interesante que estaba colocado en la pared y dijo:

—Consuelo, me parece muy interesante esta obra de arte. ¿La utilizas? ¿Con quién? —sonrió.

Consuelo echó una mirada al fuete de piel que colgaba de un gancho en la pared y sonrió.

—Cuando vi la película *Batman,* con Michelle Pfeiffer en aquel atuendo de cuero negro jugueteando con su fuete, salí a comprarme uno. La verdad es que cuando descanso me pongo a practicar. Ya me sale bastante bien, aunque parezca presunción de mi parte.

Se sentaron sobre la cama y Consuelo abrió el álbum. Se cayó una fotografía al suelo, y Josefina se agachó para recogerla. Consuelo, Rafael y otro hombre miraban a la cámara.

¿Es el otro hermano de Rafael? —preguntó Josefina, notando el parecido.

—Sí, ese es Ramón, su hermano mayor. Vive en Chicago.

—Debe ser buen amigo —sonrió Josefina al devolver la foto—. Te abrazaba.

Consuelo encogió un hombro delicado y metió la foto de nuevo en el álbum.

—Fuimos novios hace mucho, pero no resultó —hojeó por el álbum hasta encontrar lo que buscaba.

—Aquí están Rafael y Stevie justo antes de la

muerte de Stevie. Rafael estaba tan desolado cuando murió el niño que nadie pensó que se sobrepusiera jamás.

Josefina estudió la cara de Rafael, quien tenía la sonrisa más hermosa que había visto ella jamás. Se veía increíblemente relajado y feliz. Su mirada se posó en su hijo, pero el jadeo de Consuelo la hizo alzar la mirada.

—Ay, Dios mío. Jamás me había dado cuenta.

Josefina bajó la mirada hacia Stevie e inhaló fuertemente.

Miguel y Stevie podrían haber pasado por gemelos.

Consuelo se persignó.

—¡Jesucristo! Se me había olvidado su cara. Hace varios años que no he mirado estas fotos.

—¿Cómo sucedió? —preguntó Josefina, todavía en estado de choque.

—El río serpentea por toda esta región y permanece seco aproximadamente ochenta porciento del tiempo. Pero en ocasiones puede convertirse en un demontre, y destruye todo lo que encuentra por su camino, al grado de mover peñascos y piedras. Por eso le dicen el río del Diablo Seco.

Josefina se había preguntado el origen del nombre del río. Miró de nuevo a la foto y se le oprimió el corazón.

Consuelo se agarró del pecho mientras continuó el relato.

—Cuando llega a llover muy fuerte o hay una tormenta, el agua se acumula tanto en los altos que puede resultar en inundaciones súbitas en los valles. La tierra seca aquí en los bajos no tiene tiempo para absorber el agua, así que cuando llega de golpe, llena rápidamente el cauce del río. Por eso les dicen riadas súbitas —limpió una lágrima de su mejilla—. Stevie había recibido una nueva bicicleta como regalo de cumpleaños, y la había estado montando durante todo el día. Estela estaba hablando por teléfono cuando sucedió.

—¿Y Rafael? —Josefina tuvo que preguntar.

—De servicio —se quebrantó la voz de Consuelo—. La bicicleta de Stevie se resbaló al agua, y él trató de rescatarla... fue terrible.

Josefina tragó en seco al tratar de despejar el nudo que tenía en la garganta. Tenía que saber. —¿Lo encontraron? —las lágrimas quemaban sus párpados.

—Sí. Río abajo a poco más de un kilómetro —Consuelo respiró hondo y extendió la mano para tocar la mano de Josefina—. Y para colmo de males, la madre de Rafael había muerto un año antes, de cáncer.

—Gracias por decírmelo —dijo Josefina en voz baja. Ahora entendía porque Elena Castillo había parecido tan pasmada en el restaurante la noche cuando se habían conocido. Pobre mujer debería haber creído que se le había aparecido un fantasma.

Dios, ahora sí que Josefina entendía por qué razón Rafael no soportaba mirar a Miguel. Su hijo era todo un recordatorio de lo que había perdido. Atravesó por ella una sensación de triste desesperación. Con razón ansiaba tanto él que se marchara ella del pueblo.

—Por lo menos ya comprenderás por qué se ha portado diferente contigo Rafael.

—Sí —contestó al levantarse de la cama, repentinamente con ganas de ver a su hijo—. Debo ir por Miguel.

Josefina se limpió las lágrimas al correr escaleras abajo a la cocina, dónde Miguel estaba sentado observando a Juana mientras ella hacía tortillas. Su sonrisa iluminó el mundo entero de Josefina. Un nudo se le formó repentinamente en la garganta al estudiar amorosamente su carita angelical, sus pequeñas manos y sus rizos oscuros tan suaves. Josefina rodeó sus pequeños hombros con los brazos al respirar su dulce fragancia mezcla de sol, sudor y vida de niño chico. El chiquillo era un verdadero milagro.

Sobre su hombro, la mirada de Josefina se encontró con la de Juana en ese instante, y se formó entre ellas un vínculo que sólo puede existir entre dos madres.

Y hubo algo más. Algo tan insignificante que Josefina estuvo a punto de perderlo de vista.

La sonrisa de Juana.

Para Josefina significaba todo.

Y Dios mediante, ya lo comprendía todo... hasta el comportamiento y la actitud de Rafael hacia Miguel. Y si los papeles fueran al revés, ¿no se sentiría ella igual? No soportaba siquiera la idea de que pudiera suceder semejante tragedia.

De su garganta se le escapó un suspiro fatigado. Ahora las cosas se complicaban más, y se preguntaba qué podría hacer ella al respecto.

Capítulo Seis

El siguiente viernes por la noche, Raúl y Ben invitaron a Josefina, Miguel y Consuelo a cenar con ellos. Para deleite de Miguel, Consuelo aceptó la invitación por parte de todos.

—Es la noche del viernes, Josefina. Te caerá bien estar entre amigos. Caray, a mí también me hará bien.

Porque Consuelo y Josefina estaban cansadas de la comida mexicana, todos votaron por salir a cenar mariscos. La *Ostionería y Parrilla* tenía los mejores mariscos en el pueblo.

Consuelo metió un camarón en la boca, cerró los ojos y gimió.

—Ay, qué delicia. ¿Y se han fijado en lo tranquilo que es este lugar?

Raúl le sonrió.

—Te encanta el ruido, Consuelo. Si no tuvieras tu propio restaurante te volverías loca, y tú lo sabes.

Consuelo lo pensó durante un momento.

—Sí, tienes razón. Extrañaría todos los gritos entre Juana y Sofía.

Josefina realmente disfrutaba la charla de Raúl. Ben, en cambio, se esforzaba demasiado para llamarle la atención. Una vez más, le había invitado a su "pequeño rancho", y una vez más, Josefina le había rechazado la invitación. Más tarde, sin embargo, cuando Ben se había retirado a su casa, Raúl sorprendió a Josefina al llevarla aparte para invitarla a ella y a Miguel a su casa el domingo para pescar.

—Yo opino que le haría bien a Miguel ir a pescar —dijo Raúl solemnemente.

Josefina lo miró suspicazmente. Le caía muy bien Raúl, pero no le interesaba entablar una relación seria con él.

Como si leyera sus pensamientos, dijo:

—No te preocupes, Josefina. Mi invitación es sincera, para Miguel. Además, estará ahí mi papá.

—¿Y tu hermano? —preguntó Josefina.

—No sé qué planes tenga, pero no tengo intención alguna de invitarlo.

Ella consideró su invitación durante un momento, y luego asintió con la cabeza.

—De acuerdo, aceptamos. Y Raúl, gracias por no invitarme delante de Miguel.

—Pensé que sería mejor invitarte primero. Ahora que has aceptado, podemos darle el gusto de tu aceptación.

Josefina suspiró, contenta de encontrar en Raúl la amistad.

El domingo, justo antes de que se suponía que tenía que llegar Raúl, Miguel corría cada par de minutos a la puerta. Su creciente emoción tenía riéndose a todo el mundo en el restaurante, y Josefina estaba contenta de haber aceptado la invitación. Todo el mundo estuvo aliviado cuándo por fin llegó Raúl, porque la emoción de Miguel había escalado al grado de ansiedad nerviosa, y siguió así durante todo el camino al rancho.

Raúl metió su Bronco en un camino de entrada circular con una valla de rosales en cada lado, y se paró frente a una casa de rancho de un solo piso. Cuando bajaron todos del coche, Josefina se paró para observar al campo y respiró hondo. Había manchas de flores silvestres por todo el campo... acianos azules, minutisa y multicolores de altramuz en un frenesí soleado.

—Ay, Raúl, es tan hermoso esto.

—Gracias. Nuestro rancho no es grande a comparación con otros en la parte occidental de Texas, pero tenemos suficientes tierras para criar ganado y chivos. Estás bienvenida a pasar —dijo Raúl—. No me tardo mucho en sacar las cañas de pescar.

—Te esperaremos.

Un hombre estaba parado en la veranda, y Raúl se lo presentó como Raimundo Santos, su padre.

El padre de Rafael, también, pensó Josefina. Ella se preguntó cómo habría sido criar a tres hijos traviesos.

Después de meter las cañas, y habiendo emprendido el camino, dijo:

—Hay un lago artificial en nuestra propiedad a poco más de un kilómetro de aquí. Antes solíamos venir muy seguido, pero desde hace varios años que siempre nos encontramos demasiado ocupados con una cosa u otra.

Siguió un camino de terracería hasta topar con pared, y luego dio la vuelta a la izquierda. Siguieron el camino hasta el lago.

Miguel gritó de alegría al ver el lago.

—Vamos, chiquillo, ayúdame a sacar las cañas.

Josefina se fijó que había otro coche estacionado al otro lado. Alguien ya estaba pescando.

—Nos va a alcanzar mi papá al ratito.

Josefina asintió con la cabeza, y luego parpadeó preocupada al notar que el coche era un Ford Expedition. Era el tipo de coche que manejaba Rafael.

Un momento después, se justificó su preocupación. Jamás podría confundir aquel cuerpo alto y musculoso.

La indecisión se le debía de notar por toda la cara, porque Raúl le tocó suavemente al hombro y le dijo:

—No te preocupes, Josefina. Estará bien.

Josefina no estaba segura. En ese momento la fuerte quijada de Rafael estaba tensa y formaba una mueca. Echó una mirada amarga en la dirección de Miguel y desvió la mirada rápidamente.

Se acercaron y colocaron las cañas en el suelo. Raúl entregó una caña a Miguel.

Rafael fue el primero al hablar.

—Con todo el ruido que están haciendo, da lo mismo que deje la pesca por hoy.

Así que busca una excusa para irse, pensó ella. *Para mi, mejor.*

Cuando se cruzaron sus miradas, ella se sintió como si la cacharan con las manos en la masa. Era ridículo. Ella era la invitada aquí, y se negaba a permitir que él les echara a perder un día hermoso.

De repente fingió gran interés en el lago y caminó a la orilla.

—¿Desde hace cuánto que estás aquí? —preguntó Raúl.

—Unos treinta minutos. Decidí venir hace como una hora. Por lo visto no soy el único.

—Si no quieres molestarte con intrusos, deberías avisar a dónde vas.

Rafael miró al espacio.

—Es tanto tu tierra como mía.

—Bueno, pues mi amiguito y yo estamos ansiosos de pescar el pescado más grande del lago, así que o te haces un lado o te largas. De todos modos siempre he sido mejor pescador que tú. Y lo soy hasta la fecha.

Rafael hizo una mueca.

—¿Quieres apostar una feria, hermano?

—Sí, cómo no —sonrió Raúl—. Te apuesto veinte dólares a que mi pescado será más grande que el tuyo.

Se le agrandaron los ojos a Miguel. Miró a Raúl asombrado y dijo tímidamente:

—Señor, es mucho dinero para derrochar así. Eso es lo que dice mi mamá.

Raúl echó la cabeza hacía atrás y se rió.

Rafael sonrió.

Mira, amiguito —le dijo Raúl—. ¿Por qué no guardas nuestro dinero?

—¿Yo? —rechinó Miguel.

—Claro. ¿En quién más podemos confiar?

—Oye —salió una voz desde los árboles—. ¿Y yo, qué?

Rafael alzó la mirada y vio que se les acercaba su padre, e hizo una mueca. ¿No había notado su padre el parecido? ¿Qué demonios tramaba Raúl? ¿Se habían vuelto locos todos? ¿O era él el loco?

Echó una mirada hacia el lago, y luego miró a Raúl. Su hermano le echó una mirada amenazadora. Así que Rafael no había sido el único que había notado el parecido entre Stevie y Miguel.

Sabía que si se retiraba, perdería el respeto de su hermano. En cambio, si se quedaba, ¿cómo podía mirar la cara de ese muchacho sin recordar a su hijo?

—Aquí está mi dinero —dijo Rafael al sacar unos billetes de su cartera.

Raúl sonrió y entregó el dinero a Miguel.

Miguel los observó a los dos y levantó la mano para tapar el sol de sus ojos.

—¿Puedo darle el dinero a mi mamá para que lo cuide? Podría perderlo al estar pescando.

—¿Le tienes confianza? —preguntó Raúl con una sonrisa.

—Sí. Es mi madre —contestó, como si eso explicara todo.

Josefina metió el dinero en su bolsa y se sentó sobre un tronco de árbol que parecía puesto ahí justo para ese propósito. Observó a Rafael mientras pescaba, y notó que se veía muy relajado y cómodo. Se le aceleró el corazón cuando sus ojos color ámbar descansaron en ella.

—¿No vas a pescar? —le preguntó.

—Quizás al rato. Prefiero observar un rato a Miguel. Además, tendría que apostar veinte dólares.

Todos se rieron.

Rafael inclinó la cabeza a un lado.

—¿Y no crees que podrías ganar?

—No contra ustedes tres, perdón, cuatro machos.

Sostuvo su mirada durante un momento más. Luego volvió a pescar.

Raúl le enseñó a Miguel cómo enganchar una lombriz en su caña, y luego aventó la línea hasta el agua para luego pasar la caña de nuevo al niño. Para el asombro de Josefina, Miguel se paró junto a Rafael.

Josefina estuvo a punto de llamarlo para apartarlo de Rafael. No quería que se echara a perder su día entero si Rafael no le hacía caso. Abrió la boca para decirle algo, pero se detuvo al oír que su hijo hablaba.

—Cantan muchos pájaros en estas partes.

—Sí, tenemos algunos —contestó Rafael.

—¿Tiene usted un perro, señor?

Rafael echó su hilo al agua.

—Antes tuve uno.

—¿Y ya no lo tienes?

—No. Se hizo demasiado viejo.

—Sí, lo sé. Mi abuelita dice que cuando te haces viejo, ya no hay nada que hacer. O que ya nadie te quiere.

—Yo no diría eso, precisamente. ¿Estaba enferma tu abuelita cuando dijo eso?

Se le brillaron los ojos a Miguel.

—Sí. ¿Cómo lo supo usted?

Rafael centró su atención en el hilo de pescar.

—Cuándo las personas se sienten mal, a veces dicen cosas que no sienten. Nada más las dicen porque se sienten mal en el momento.

—¿Como cuándo tuve sarampión y no quería que nadie me viera? También fui muy cruel con mi mami.

Rafael echó una mirada a Miguel.

—Me cuesta trabajo creer que pudieras ser cruel con nadie.

—Pues lo fui. Cuando ella trató de darme de comer, le pegué en la mano y la comida voló por todo el suelo.

—Bueno, pues ya verás que estabas muy enfermo, y realmente no quisiste hacer eso, ¿verdad?

Miguel pensó un momento antes de negar con la cabeza.

—No.

—Me imagino que tu abuelita no quiso decir eso tampoco.

—¿Y no quiso otro perro?

Rafael no pudo más que mirar a Miguel. Había cambiado el tema tan rápidamente al tema original que le sacó una gran sonrisa a Rafael. Se le había olvidado la precocidad de los niños. El muchacho probablemente no había estado en el campo durante mucho tiempo. Lo más probable era que tenía mucha energía reprimida. Por lo visto, no tenía miras de calmarse.

Miró por sobre su hombro para ver si Josefina estaba escuchando su plática, y vio que había caminado adonde Raúl estaba limpiando un pescado. Rafael sólo tardó un segundo en darse cuenta de que lo habían dejado de niñero.

—¿Quiso otro? —repitió el niño.

—¿Otro qué? —preguntó Rafael, demasiado distraído al observar a Josefina para recordar lo que había preguntado Miguel.

—¿Otro perro?

—No. Ningún perro habría podido tomar su lugar. Rafael no se molestó en decirle que durante su adolescencia, aquel perro lo había acompañado a todas partes. Y cuando había muerto, no había encontrado ningún consuelo que le aliviara el dolor de esa pérdida.

—Mi mamá perdió un gato. Y ella salió luego a conseguir otro.

—¿Sí?

—Sí, dijo que perder una mascota no quiere decir que no pueda amar a otra.

Rafael echó una mirada por sobre el hombro. Raúl y Josefina estaban platicando como si pertenecieran al mismo club secreto. Hizo una mueca y murmuró:

—Sí, quizás tenga razón.

—¡Ay! —gritó Miguel—. ¡Sentí un jalón!

Rafael volteó y vio que el hilo de Miguel subía y bajaba.

—Está bien. Atráelo poco a poco —dijo Rafael, y sonrió al ver que Miguel se mordía el labio como si esa acción le diera más fuerza.

Tan pronto como Miguel hubo metido su pescado, Rafael pescó uno también. Miguel aplaudió fuertemente, y Rafael sonrió de oreja a oreja.

Al rato cada uno volvió a pescar otro, y la emoción de Miguel se volvió contagiosa. Pasaron otra media hora así, y Rafael se dio cuenta de que hacía mucho tiempo que no se había divertido tanto.

Y al compartir la emoción con el niño, de repente se dio cuenta de que había estado tan distraído que ni siquiera había pensado en Stevie.

Rafael se forzó a mirar al niño, pero mirarlo de verdad por primera vez... no como alguien que miraba a su hijo, sino como un niño inocente con sus propios pensamientos y manera de ser.

Este niño no se parecía en nada a su hijo. Stevie había sido un niño retraído y solitario. Miguel buscaba la emoción en todas partes. Cuando se equivocaba, hasta era capaz de reírse de sí mismo. Y de algún modo, había logrado entablar una relación con Rafael.

Al suspirar fuertemente, Rafael se dio cuenta de que se derrumbaban sus defensas. No había disfrutado tanto un día desde hacía mucho tiempo. Quizás pudiera admitir que Josefina y Miguel tuvieran algo que ver con esto. Al mismo tiempo reconocía que no podría durar. Extrañaba tener una familia. Eso era todo.

—¿Se encuentra usted bien, señor Rafael?

Rafael parpadeó y sonrió a Miguel.

—Sí, hijo, estoy bien.

El sol estaba a punto de ponerse, así que todos empacaron sus cañas. Raúl miró a Rafael y luego a Miguel.

—Papá y yo no tuvimos mucha suerte, ¿así que cuál de ustedes dos ganó?

Miguel miró a Rafael, en espera de la decisión.

—Ganó Miguel, definitivamente —dijo Rafael.

Miguel miró al suelo.

—Pero yo no aposté nada.

—Claro que sí apostaste —dijo Rafael rápidamente—. Tu mamá lo puso con nuestro dinero.

Josefina empezó a decir algo, pero la mirada amenazadora de Rafael la paró en seco.

Hasta este momento, ella había guardado su distancia de él, curiosa por saber de qué habían estado discutiendo él y Miguel, pero sin querer interrumpir su conversación. Ni tampoco quería tomar parte en ella porque eso podría permitir que él invadiera la parte más íntima de ella... su corazón, que era un lugar que prefería mantener totalmente sellado.

Durante todo el camino al rancho, la emoción de Miguel era imposible de contener. Rafael los había seguido porque pensaba pasar la noche como solía hacerlo los domingos.

—Oye, Josefina, espero que pienses ir a la fiesta el próximo domingo —preguntó Raúl.

Josefina bostezó.

—Ni siquiera había pensado en eso.

—Lo disfrutarán Miguel y tú mucho. Va todo el pueblo. Consuelo hasta cierra el restaurante.

Consciente de la presencia de Rafael, Josefina se limitó a decir:

—Ya veré. Pero de momento, Miguel necesita usar tu baño si no te importa.

—Claro. Y Josefina, no olvides guardarme un baile.

Algo que se parecía al enojo vibró por todo el cuerpo de Rafael. Todos entraron a la casa y Rafael siguió a su hermano hasta la cocina, en donde lo arrinconó.

—¿Qué es lo que pretendes, Raúl?

—¿De qué estás hablando?

—¿Estás tratando de conquistar a Josefina?

—No porque sea asunto tuyo si fuera cierto, ¿pero qué te importa?

—No quiero que salgas lastimado. No estará mucho tiempo en el pueblo.

—La gente a veces cambia de parecer.

—No Josefina. Se irá, así que yo si tú, no me encariñaría mucho con ella.

Raúl se apoyó contra el fregadero.

—¿Por qué no? ¿Porque tú quieres que se vaya? Y los dos sabemos por qué, ¿verdad? —ante el testarudo silencio de Rafael, Raúl le echó una mirada disgustada—. Bueno, hasta que no suceda eso, algunos todavía estamos vivos.

—¿Qué se supone que significa eso?

—Que tú no eres el único que has perdido a alguien que amaste, ¿sabes? Pero no significa que tú también tienes que morirte.

—No toques ese tema, Raúl.

—¿O qué? ¿Te enojarás? Por lo menos el enojo es un sentimiento honesto, hermano.

—Con permiso.

Los dos hermanos voltearon en dirección de la voz. Josefina estaba parada ahí, y se veía muy incómoda. Habló a Raúl.

—Quise decirte que Miguel y yo esperaremos en el coche.

Raúl se enderezó.

—Estaré con ustedes en un momento, Josefina. Déjame ir a decirle a mi papá que nos vamos.

Al desaparecerse al interior de una recámara, Josefina volteó para irse.

—¿Josefina? —Rafael le llamó.

Ella volteó y mantuvo firme su voz.

—No se necesita ninguna explicación, Alguacil. Has dicho tu opinión de manera muy clara y no voy a discutir contigo.

Empezó a alejarse, pero luego habló sobre su hombro como si de repente se le ocurriera algo.

—Eres un hombre muy guapo, Rafael, pero no tienes corazón. Qué lástima.

Capítulo Siete

El lunes el humor de Rafael no había mejorado.

El primer error que cometió fue no desayunar. A la hora de llegar a la carretera para estacionarse detrás de un pequeño claro fuera del camino, le gruñía el estómago. El segundo error fue dejar que Josefina se entrometiera en sus pensamientos al grado de que no prestó atención a un coche que pasó frente a él muy en exceso del límite de velocidad.

Cuando por fin alcanzó al conductor para levantarle una infracción, Rafael había decidido que tenía que hablar con ella. No había tenido ningún derecho de hablar así de Josefina con Raúl de esa manera. No era asunto suyo con quién decidiera salir su hermano.

Una hora y tres infracciones por exceso de velocidad después, Rafael se dirigió de nuevo a su oficina.

Tan pronto había entrado por la puerta, su ayudante, Javier, alzó la mirada de su trabajo para saludarlo. Rafael movió la cabeza en son de saludo y se dirigió a su escritorio para recoger dos recados telefónicos. Estaba consciente de que Javier y el despachador se habían detenido a mirarlo. Rafael no les hizo caso y continuó revisando sus mensajes.

Uno era de Elena, que lo invitaba a cenar. Al leer el último mensaje, supo por qué lo miraban así. Uno de ellos había colocado convenientemente el recado de Maya Rivera hasta el último. La hora anotada en el papelito color rosa decía que había llamado a la una de la tarde... cinco minutos antes.

Respiró profundamente. Maya debería haberlo visto al pasar frente a su casa en camino a la oficina. Sus llamadas dos veces a la semana lo molestaban. La discusión con su hermano ayer, y el hecho de que no tuviera ninguna vida romántica y que probablemente jamás llegaría a tener tal cosa si no reconocía lo que realmente lo atormentaba, se reducía a un sólo hecho. Iba a acabar por ser un viejo muy solitario. Aun su ex esposa había seguido adelante con su propia vida.

Sonó el teléfono y lo contestó. Tan pronto lo hizo, dio la espalda a los hombres y miró distraídamente por la ventana.

Cuando la voz en el otro extremo de la línea había terminado su discusión, contó hasta tres. No le funcionó. ¡Estaba harto!

—Mira, Maya, yo no tengo ni tiempo ni ganas de ir a tu casa a ser niñero de tu maldito gato. O llevas al hijo de puta a que lo castren, ¡o le voy a meter un balazo!

Hubo un grito chillante en el otro lado de la línea, y luego nada. Rafael colgó el teléfono de golpe y extendió la mano para recoger un expediente. Durante un momento, el silencio en la oficina fue ensordecedor, y luego brotó una risa, primero de parte de Javier, y luego del despachador, hasta que todos quedaron doblados de la risa.

Se levantaron los ánimos de Rafael al reflexionar en

cómo tuvo que haberle parecido a Maya su estallido.
Quizás dejara de llamarle. ¡Brincos diera!

Echó una mirada disgustada a los dos hombres.

—Yo jamás dispararía a un gato. Lo saben muy
bien todos ustedes.

Javier dejó de reír un momento para poder murmurar.

—No, pero para cuando Maya termine de contar a
todo el mundo lo que dijiste, no habrá nadie en la
fiesta que quiera bailar contigo.

Rafael tiró el expediente de nuevo sobre su escritorio, y luego recogió las llaves de su coche y sus gafas
de sol y se puso de pie. Al llegar a la puerta, los hombres estaban riéndose tumultuosamente.

—Imbécil —murmuró.

Josefina acababa de hacerse una trenza. Se paró y
caminó a su guardarropa. Hoy no se pondría ningún
pantalón de mezclilla. Hoy ameritaba algo más importante. Alcanzó una falda de lino negro con una raja
adelante y una blusa blanca. Hacía demasiado calor
para usar medias, así que se puso unas sandalias de
piel negra y agarró su bolsa.

Miguel había ido al cine con dos de los primos de
Consuelo, y estaría ocupado durante varias horas; más
que el tiempo suficiente para que Josefina terminara el
asunto que traía entre manos.

Corrió escaleras abajo, saludó a Juana de salida, y
casi chocó con Ben.

—Disculpa —murmuró al esquivarlo y siguió su
camino.

Él la acompañó.

—Oye, ¿por qué tanta prisa?

Josefina contestó al acelerar su paso. Después de su visita con Consuelo anoche, había dado vueltas toda la noche. No tenía humor para andar platicando, especialmente no con Ben. Cada vez que se le acercaba la invitaba a salir, y a ella ya se le habían acabado las excusas.

—Te ves muy bonita hoy.

Ella pasó por alto el cumplido. Algunas personas simplemente no entendían las indirectas. Continuó su marcha erguida por la acera. Al final de la cuadra, se vio obligada a detenerse ante un semáforo.

Un viejo Chevrolet pasó frente a ellos. Era Ignacio Flores. Lo reconocía ella por aquella vieja rueda que rechinaba. Él le tocó el claxon, y ella lo saludó agitando la mano. *De verdad que necesita arreglar esa llanta*, pensó.

El semáforo cambió a verde y Josefina bajó a la calle, consciente de que Ben obviamente no tenía nada mejor que hacer con su tiempo que seguirla a ella. Ella siguió sin hacerle el menor caso.

De vez en cuando, alguien la reconocía y la saludaban al pasar. Casi todos eran clientes que comían en el restaurante.

Tenía que reconocer que Sandera parecía ser un pueblo tranquilo e inocente... un pueblo algo a destiempo con el resto del mundo. Miró a sus alrededores y se dio cuenta de que le gustaba su aspecto rural. Ya se sentía extrañamente en casa, como si realmente tuviera un lugar en el pueblo. *Cuidado*, pensó, *si no te cuidas, vas a extrañar este lugar.*

—¿Vas a alguna parte en especial?

La persistencia de Ben ya la molestaba. Lo miró furiosa.

—Estoy en camino a robar el banco, y si no piensas ayudarme, entonces quítate de mi camino.

Ben aminoró su paso, y luego se detuvo, boquiabierto.

Josefina tenía ganas de reírse. Ben realmente le había creído. ¿Qué había en ella que no la dejaba callarse? Al ponerse nerviosa, siempre decía lo primero que se le ocurría. ¿No era justo lo que había dicho Rafael antes de besarla?

Se detuvo para abrir una de las puertas dobles de cristal del banco.

¿Cómo?

Ben se quitó la gorra de béisbol, y se rasgó la cabeza.

—Sí, es lo que dijo, que iba en camino para robar el banco.

—¿Y le creíste? —Rafael abrió la portezuela de su coche y tiró su sombrero sobre el asiento del pasajero.

—Es lo que dijo. Yo sé lo que oí —dijo con un tono defensivo.

—¿Trataste de disuadirla?

—Pues no. Vine directamente aquí.

Rafael meneó la cabeza y suspiró, pero decidió no insistir en el asunto con él.

—Yo me ocupo de eso.

—¿No quieres que te acompañe? Dado que soy testigo y todo.

Rafael se subió a su coche.

—No eres testigo si no estás ahí y la observas mientras roba al banco, Ben —metió la llave en la marcha—. Yo me iré para allá y veré de qué se trata.

Ben sostuvo la puerta.

—¿Estás seguro de que no quieres que te acompañe?

—Creo que puedo dominar a una pequeña mujer —contestó Rafael al quitar los dedos de Ben de su portezuela para poder cerrarla.

—Avísame cómo te va —gritó Ben al alejarse el coche por el camino.

El banco quedaba sólo a unas cuantas cuadras. Rafael dudaba mucho que Josefina realmente robara un banco. Con un demonio, había rechazado un préstamo de parte de él mismo, sin intereses, aunque tenía que reconocer que realmente no la conocía muy bien.

Al llegar al banco se detuvo en una zona donde estaba prohibido estacionarse.

La vio en el mismo momento de entrar al banco. Estaba hablando ella con un oficial de préstamos, y estaba demasiada tranquila para estar planeando un robo. Él creyó que Ben se había equivocado. Sin embargo, nada le impedía asegurarse de que así fuera.

Parado justo en la entrada estaba Tomás, el guardia de seguridad del banco. Rafael movió la cabeza para saludarlo mientras se dirigía a la caja de una de las cajeras cerca de donde estaba sentada Josefina.

—Bueno, Josefina, me gustaría ayudarla. Pero sin garantía alguna, no veo cómo puedo hacerlo. Ahora, si su residencia permanente fuera aquí en Sandera y hubiera alguien que pudiera darle una referencia o ser fiador, yo no tendría problema alguno con prestarle el dinero.

—Yo comprendo —respondió Josefina mientras abrazaba su bolsa—. Mientras tanto, me gustaría abrir una cuenta con su banco —sería su primera cuenta de ahorros.

—Me daría mucho gusto ayudarle con eso. ¿Cuánto quiere depositar?

Rafael se sintió como un idiota por estar escuchando. Debería haber sabido de antemano que Ben no sabía de qué hablaba. Empezó a retirarse, pero una voz lo detuvo.

—Oye Rafael, ¿cómo estás? —era Berta, una de las cajeras.

—Sí, señor Alguacil, a mí me gustaría saber eso también —preguntó Josefina a regañadientes.

Rafael se cruzó de brazos y la miró.

—Vine a ver a alguien.

—¿Sí? ¿Y quién sería ese alguien? Quizás lo conozca yo —su tono indicaba que no le creía.

—La verdad es que vine a verla a usted —confesó, pasando por alto el sarcasmo de ella.

—Ya veo —respondió ella sin expresión en la voz.

—Me envió Ben —dijo con un tono divertido—. Dijo que usted necesitaba transporte a su casa.

Ella abrió la boca para decirle que no necesitaba semejante cosa, pero jamás tuvo la oportunidad. Un rayo amarillo de sol que pasaba por una ventana y que estaba reflejado de acero forzó a Josefina a entrecerrar los ojos. Miró para ver quién usaba semejantes alhajas.

Se apoderó de Josefina el pánico como si fuera un puño que la había noqueado. A menos de tres metros de distancia había un hombre que portaba una hebilla de plata mexicana. Sintió ya haber vivido esa escena.

Josefina abrió la boca para hablar pero se le paralizaron los músculos de la garganta. Alzó la mano a la boca.

Rafael cerró la distancia que los separaba.

—¿Qué sucede? —preguntó.

Ella meneó la cabeza, sin poder hablar aún. ¿No

podía ver? ¿No se daban cuenta todos de que el hombre no era la clase de hombre que tendría una cuenta bancaria?

Con pánico, se le acercó a Rafael.

—Es él —logró decir finalmente.

—¿Quién, Josefina? —volteó para ver quién la había asustado tanto.

—Ese hombre ... él de la hebilla de plata. Fue él que me robó mi coche.

Rafael no perdió el tiempo con palabras. Se apresuró a pararse delante del hombre.

—Póngase contra aquella pared —le ordenó.

El hombre alzó las manos y dijo algo que Josefina no comprendió. Un hombre más joven salió de la cola donde estaba formado.

—Señor, este señor es mi tío.

Josefina meneó la cabeza, desesperada al darse cuenta de que se había equivocado. Era la misma hebilla pero no era el mismo hombre. Este hombre era mayor, más regordete, y tenía el cabello rizado.

—No es él —dijo avergonzada—. Discúlpenme.

—¿Está segura? —le preguntó Rafael suavemente.

Josefina se encogió de hombros.

—Era la hebilla. Reconocí la hebilla.

—Esas hebillas son muy populares, Josefina. Muchos hombres las usan.

—Se parecía a él —ella se cruzó de brazos y trató de dejar de temblar.

—Josefina, lo más probable es que el hombre que la robó ya está en México a estas alturas. Si todavía sigue en el lado estadounidense, lo encontraremos tanto a él como a su cómplice.

Josefina no dejaba de temblar.

—Vamos —dijo Rafael, y tocó su hombro para tratar de calmarla.

Más tarde, cuando se pasó frente a donde tenía que dar la vuelta para llegar al restaurante de Consuelo, ella le preguntó a dónde iban.

Él quitó su atención del camino durante un segundo.

—Mi casa está por este camino. Pensé que podría necesitar un poco de tiempo antes de ver a Miguel —desvió la mirada—. En su estado creo que preocuparía mucho a Miguel.

Josefina miró por la ventana. Él tenía razón. Necesitaba calmarse antes de ver a su hijo y a Consuelo.

Al meter el coche en la entrada, Josefina preguntó:

—Yo pensé que vivía usted con su padre y con su hermano.

Él le abrió la puerta.

—Tengo algo de ropa allá, pero aquí es donde vivo.

Cerró la puerta y pasó al lado de ella al entrar a la cocina. Josefina se paró en la sala y se preguntó si sería la misma casa donde había vivido él con su esposa...donde había muerto su hijo.

Lo primero que notó era que esta casa era práctica, sencilla y cómoda. No tenía grandes lujos, sino justo lo necesario para un hombre que pasaba muy poco tiempo en casa.

—¿Prefiere té o café? —le preguntó él sobre el hombro al caminar hacia la cocina.

—Un té estaría perfecto. Gracias.

—Tome asiento.

Ella se sintió incómoda al seguirlo a la cocina, así que se sentó en el sofá. Cuando él le llevó su té, se sentó al lado de ella. Permanecieron sentados así durante un rato, como compañeros silenciosos, mientras Josefina tomaba el té y miraba al suelo.

Finalmente colocó su taza sobre la mesa de centro y lo miró de reojo.

—Un centavo por saber qué piensa —dijo en voz baja.

Ella sonrió dulcemente y se levantó. ¿Cómo se hacía para sacar delicadamente el tema de la muerte de un hijo? Realmente no había manera fácil de hacerlo.

—Es que ya sé —dijo ella, mirándolo detenidamente.

—¿Qué sabe?

—Lo de Stevie.

Durante un momento el silencio fue ensordecedor, y ella cerró los ojos y quería decirle que ella comprendía por qué no quería estar cerca de Miguel.

Él se encogió de hombros y se puso de pie.

—Era lógico que se enterara tarde o temprano.

Josefina caminó a la pared para ver un retrato que colgaba arriba del televisor. Era un retrato familiar, y vio una vez más al niño que se parecía tanto a su propio hijo.

—No fue Raúl quién me dijo —dijo calmadamente—. Fue Consuelo, pero sólo me lo dijo después de que yo lo acusé de odiar a los niños, en especial al mío.

—No me desagradan los niños, Josefina —su voz bajó a un susurro, y extendió la mano para apoyar su palma contra la pared delante de ella, arrinconándola.

—Ahora lo sé.

Pasaron segundos, y ninguno de los dos intentaron separarse del otro. Él no tenía que tocar a Josefina para reconocer ella que estaba peligrosamente a punto de voltearse para caerse en sus brazos, y que estaba definitivamente a punto de hacer el ridículo.

De cualquier modo, ella reconocía que tenía que hacer algo.

Volteó para encararse con él.

Había algo en los ojos de él que la cautivaba, algo que la atrajo un pasó más cerca. En sus ojos ella vio su dolor y su tristeza y su deseo. Un deseo que iba aumentando desde las profundidades de su ser y la sofocaba. Y ni siquiera la había tocado.

Se preguntaba cómo se sentiría dejarse llevar por la atracción sólo una vez y disfrutarlo.

Daño no podría hacer.

Sólo esta vez.

Al seguir su impulso, inclinó su cuerpo más cerca de él.

—Josefina —él pronunció su nombre como si fuera una suave caricia. Al bajar su cabeza, tocó su boca contra los labios de Josie, atrayéndola con su beso.

Josefina se acercó aún más. Toda la angustia contenida salió a flor de piel junto con la tristeza y el deseo, y la tomaron por sorpresa. Las sensaciones eran tan fuertes que sus brazos se tensaron alrededor del cuello de él para atraerlo más cerca. Abrió más la boca para recibir su lengua.

Las fuertes manos de Rafael se deslizaron hasta su cintura y la alzaron del suelo. Luego la depositó encima del televisor. El movimiento le alzó la falda, y Josefina abrió las piernas para permitirle amoldarse contra su cuerpo.

La mitad de su blusa estaba metida en la cintura de su falda y la mitad estaba desfajada, y él liberó la parte que estaba metida a su falda, deslizando su palma lentamente por toda su espalda para luego pasarla hacia su pecho. Al apartar su sostén, sus dedos encerraron un seno tenso, y ella gimió hacia su boca.

Josefina jamás había deseado con tanta urgencia a un hombre. El hecho de que Rafael fuera el hombre quien le excitaba al grado de que todos sus sentidos clamaran por ser satisfechos le causó una punzada momentánea de conciencia, pero mientras sus manos recorrían su cuerpo hacia abajo hasta el estómago, todo aquello pasó al olvido y lo único que sabía era que lo necesitaba.

—Dios, Josefina, te deseo tanto —le susurró Rafael en la boca. Estaba usando hasta la última gota de fuerza de voluntad que tenía para no poseerla ahí mismo sobre la televisión. Tanto la realidad como la honestidad lo forzaron a tomar la decisión por los dos—. No podemos. No tengo protección —gimió, enojado consigo mismo. No había estado preparado porque jamás había sido su intención hacerle el amor a Josefina. Su corazón se inundó con remordimiento.

Josefina se quedó helada al escuchar sus palabras que le sirvieron como un timbrazo fuerte y salvaje. Gimió, y las mismas partes de su ser que tanto lo necesitaban empezaron a inundarse con vergüenza.

—Perdón —dijo él con voz rasposa, y todavía la abrazaba.

Josefina se enderezó.

—Yo... por favor, ayúdame a bajarme de aquí.

Más tarde, pero mucho más tarde, Josefina suspiraría aliviada por que no habían hecho el amor, pero en este momento, lo único que quería hacer era olvidar que había estado a punto de cometer uno de los peores errores de su vida.

En silencio repitió su mantra. *ATE... Arreglo Tem-*

poral de Emergencia. La había ayudado sobrevivir hasta el momento.

En cuanto Rafael metió el coche al estacionamiento del restaurante de Consuelo, Josefina ya había tendido su mano lista en la manija de la puerta. Bajó inmediatamente del coche y murmuró.

—Gracias por traerme.

Al alejarse Rafael, ella murmuró:

—... por traerme loca.

Rafael golpeó el volante de manera que sonó el claxon. ¿Qué había en ella que lo enloquecía de deseo y de enojo al mismo tiempo? Él había reconocido de antemano que una vez que empezaba a besarla, no podía detenerse. También reconocía ahora que de haber tenido protección, estarían aún en su cama.

Era mejor que no lo hubieran hecho, pensó. Más le convenía recordar que ella era la fruta prohibida para él. Tarde o temprano, ella se iría, y él no podía arriesgarse a sufrir el dolor de perder a otra persona amada.

Sus heridas estaban todavía demasiado frescas, demasiado abiertas, y no podía arriesgarse a entablar una relación con Josefina.

Era una situación imposible.

Capítulo Ocho

La Fiesta Anual de Sandera comenzaba un poco después de la hora de la misa en uno de los ranchos más grandes del pueblo, donde Elena y Diego Castillo recibían con gusto a todo el pueblo.

Las tiendas y restaurantes del pueblo se cerraban; sobraba la comida y el vino; y el modo de vestir incluía todo desde las faldas de campesina y rebozos, o trajes folklóricos alegres, hasta atuendos mexicanos completos y de vaquero para la charreada, la forma más antigua de un rodeo mexicano. Parecida al rodeo estadounidense pero más espectacular y con más elegancia, era una pasión mexicana que tenía sus orígenes en los antiguos ranchos de México del siglo dieciséis, y se habían convertido en un deporte nacional en México. Ahora eran populares las charreadas en Texas. Las disciplinas eran básicamente las mismas que en un rodeo estadounidense... montar a toros y corceles, aunque aquí el jinete no estaba limitado a los ocho segundos sino que terminaba cuando el animal se detenía, doblegado.

La fiesta estaba en su apogeo a la hora que llegaron Consuelo, Josefina y Miguel. Una gran lona que hacía tienda cerca de un patio proporcionaba un poco de

sombra para varias mesas largas, y otra lona daba
sombra a una cantina. El aroma de carnes de res y de
puerco ahumadas rodeaba a varios hombres que ob-
servaban mientras Ignacio Flores agregaba mezquite
al gran hoyo de la barbacoa.

—Hmmm. Algo huele delicioso —dijo Josefina.

—Fajitas —respondió Consuelo al olfatear el aire.
Voy a llevar esta comida a la mesa. Ahorita vengo.

Josefina miró a Consuelo, y le envidiaba que cualquier ropa que se pusiera le quedara bien. Para la
fiesta había elegido un pantalón negro tipo vaquero,
una blusa negra de seda con mangas anchas y un sombrero vaquero con copa plana con una chapeta elabo-
rada de conchas de plata. De su cinturón colgaba el
fuete que Josefina había visto colocado en la pared de
su recámara.

Ante la insistencia de Consuelo, Josefina había decidido comprar ropa nueva para la ocasión. Era un pi-
ropo decir que Consuelo le había insistido en que se
comprara algo distinto a la ropa que acostumbraba
usar. "Ya nada de colores conservadores," había dicho
secamente. "Tienes una tez muy hermosa, y aunque te
quede muy bien el blanco, vamos a comprarte algo su-
bido, algo que te avive un poco."

Josefina miró su ropa y se preguntó si había sido
buena idea hacerle caso. El pantalón vaquero color de
ónix le quedaba apretado hasta los tobillos, Consuelo
había elegido una blusa campesina escotada de color
rosa mexicana. Josefina parpadeó. Lo único que le faltaba era un cigarro en la boca y la voz de Olivia New-
ton John para cantar "You're the One That I want"
para completar el cuadro.

Echó una mirada a Miguel.

—Hay unos niños jugando por ahí... ¿no quieres acompañarlos?

—Claro.

En camino a los juegos, Josefina echó un vistazo por el predio, y se preguntó si habría llegado Rafael. Hasta el momento no lo había visto. Lo que no quería reconocer era la razón por la que quería verlo.

Desde el patio, los mariachis cambiaron de una balada a una pieza más alegre. Elena y Diego Castillo no habían escatimado en los gastos de las festividades del día.

—Oye, acabo de ver a Raúl —dijo Consuelo desde atrás de ellos—. Ya va a empezar la charreada. ¿Quieres ir?

—No estoy segura. No me gusta ver cómo enlazan así a las vacas.

—Por lo menos ven a ver las floreadas —insistió Consuelo.

—¿Con las reatas?

—Sí, ven.

—No estoy segura de que quiera que Miguel vea las cosas espeluznantes.

Varias mujeres estaban paradas cerca de ellas, cuidando a sus hijos. Una de ellas dijo:

—Con mucho gusto te cuidaré a Miguel. Y de todos modos no van a estar muy lejos.

Josefina echó una mirada en la dirección de Miguel. Parecía empeñado en ganar a tirar las herraduras en ese momento. Josefina se le acercó para avisarle adonde iba a estar.

Al llegar ellas al lienzo, ya había empezado la charreada. Josefina miró mientras abrían una puerta diagonal abatible en el otro lado del lienzo para liberar

un toro. Un jinete, cuyo punto de apoyo era la barda
del lienzo, levantó la mano derecha al ala ancha de su
sombrero y saludó el animal salvaje justo al pasar. Fue
entonces que impulsó a su caballo para alcanzar al
animal.

En pocos momentos ya se había acercado a los
cuartos traseros del toro, se había separado de su silla
y con la mano derecha había agarrado el toro por la
cola. Con un solo movimiento jaló la cola contra los
cuartos traseros del caballo y aventó su pierna derecha
sobre la cola al mismo tiempo que jalaba las riendas
de su caballo hacia la izquierda. El toro perdió el
equilibrio y se cayó patas arriba, botó una vez y se
volvió a caer en una nube de polvo.

Josefina hizo una mueca ante lo que consideraba
una crueldad a un animal.

—¿Qué te pasa? ¿No te gusta el espectáculo? —
dijo una voz grave desde atrás de ella.

Josefina miró sobre su hombro y descubrió a Rafael
parado detrás de ella. Sintió que se le revolvía la boca
del estómago.

—No mucho, no.

—¿Por qué no vienes a sentarte en los estrados?
Raúl y Ben están ahí. Ante eso deberías acceder —
aunque sus labios formaran una sonrisa, un destello de
interés brillaba en sus ojos.

Josefina estudió la manera en que su cabello castaño oscuro se mezclaba con el sol detrás de él, vol-
viéndolo de color caoba.

¿Por qué no? —dijo. No iba a permitir que la molestara, ni que la ahuyentara, ni que echara a perder su
día. Por primera vez, estaba empeñada en pasarla
bien.

—Yo también iré —dijo Consuelo.

Josefina echó una mirada a los estrados. Raúl y Ben movieron las manos en son de saludo e hicieron gestos para que Josefina y Consuelo los acompañaran.

Cuando subieron a los estrados y se sentaron, Josefina se dio cuenta de que Rafael se había sentado a su lado. Cada vez que los espectadores empezaban a ovacionar, se tocaban sus hombros. Parecía que no le afectaba, pero Josefina tenía que respirar hondo cada vez que la rozaba con su cuerpo.

Ben le entregó una cerveza a Josefina.

—Toma, que esto te quitará la sed.

Josefina no había comido nada, y miró un momento a la cerveza con toda la intención de rechazarla, pero algo en alguna parte de ella pensó, *¿por qué no?* Era un día precioso, el aire estaba electrificado con altas emociones contagiosas, y Josefina se sentía secretamente como parte del todo. Consuelo había tenido toda la razón. Se sentía avivada.

—Gracias —dijo al aceptar la Corona.

Seguía el floreo artístico con los trucos de reatas. Al usar reatas más largas que los vaqueros estadounidenses, y al hacer lazos más abiertos, exhibieron la danza de la reata sobre ellos y sus caballos, haciéndolas flotar arriba de sus cabezas. Josefina disfrutó mucho del espectáculo y volteó para comentárselo a Consuelo, pero encontró a Rafael mirándola detenidamente.

—¿Pasa algo? —preguntó.

—Nada más estaba pensando que te ves diferente hoy.

—Ropa nueva.

Rafael meneó la cabeza.

—No. Es más que eso.

—Traigo el cabello suelto. Probablemente es eso.

—Quizás —dijo, y luego se inclinó y murmuró suavemente en su cabello—. Es hermoso —inhaló suavemente—. Huele bonito también.

Josefina brincó un poco mientras unas pequeñas descargas eléctricas recorrieron su cuello y su nuca, y se le enchinó la piel de calidez por todo lo largo de su espalda.

—Este... gracias —dijo ella, al aceptar otra cerveza ofrecida por Ben.

Después de tomar varias Coronas más, Josefina definitivamente estaba contenta de haber venido aquí hoy. Ya era hora de empezar a divertirse, algo que no había hecho muy seguido desde su matrimonio.

—¿Has comido algo hoy? —le preguntó Rafael mientras la estudiaba detenidamente.

Josefina lo miró a los ojos y luego fijó su mirada en sus labios, y sus ojos se volvieron soñolientos.

Los ojos de él brillaron con su fulgor color ámbar.

—Ay, dulce Josefina, más te vale que dejes de mirarme así.

—¿O qué? —contestó ella, con más bravata que la que sentía.

Se inclinó hacia ella y susurró en su oído:

—O voy a llevarte hasta el granero para terminar lo que empezamos el otro día.

Su voz vibró por su piel. Una emoción poderosa se apoderó del corazón de Josefina, y ella lo achacó a la lujuria, nada más. ¿Qué otra cosa podía ser? Felices para siempre era un concepto que no existía en el mundo de Josefina.

—¿Y sería tan malo eso? —preguntó y trató de despejar la cabeza. ¿Por qué le decía ella semejantes cosas? No podía evitarlo. ¿Los podrían escuchar los demás?

La mirada de Rafael se volvió brumosa al recorrerla desde la boca para luego fijarse en su pecho, donde dos breves tiras de tela atadas cerraban la blusa. Respiró profundamente, extendió la mano y jaló la parte de la blusa que se le había caído del hombro.

—Vamos a comer algo —dijo con mucho esfuerzo.

—Sí, vamos a comer —agregó Raúl.

Todos estuvieron de acuerdo y desfilaron escaleras abajo. Josefina pasó por Miguel en el camino, y cuando se juntaron con los demás en una de las mesas, se dio cuenta de que tenía hambre...pero no estaba hambrienta de comida.

Apenas comió la mitad de lo que había en su plato antes de empujarlo a un lado, y luego tomó lo que quedaba de su Corona, jurándose no tomar ni una gota más. Su vejiga ya clamaba por aliviarse, y se disculpó para ir en busca de los sanitarios.

Al regresar, don Diego estaba pronunciando un discurso.

—Bueno, damas y caballeros, ¿están listos para nuestro nuevo concurso este año? —sonrió ampliamente antes de continuar—. Hemos colocado tres mesas contra esa pared, y necesitamos tres equipos de dos. O sea, un caballero y una dama por equipo, por favor.

Alguien gritó:

—Así hace más interesante la cuestión.

Algunos abuchearon.

—Bueno, les diré las reglas, amigos. Cada mesa tiene todos los ingredientes que pueden necesitar. Vamos a ver cuál de las parejas logran hacer las mejores tortillas en el menor tiempo.

Se escucharon gritos y risas del público.

—Ahora bien, si no hay voluntarios tendré que escoger alguien, y prefiero no hacerlo.

Sara González habló:

—Yo hago las tortillas todos los días, y no voy a hacerlas en mi día de descanso.

La mayoría de las mujeres en el público gritaron su conformidad con ella.

Diego asintió con la cabeza.

—Estoy seguro de que encontraremos suficientes voluntarios. Ahora, señores, una de las reglas es que no pueden negarse a ser pareja con la primera mujer que los invite a ser parte de su equipo. Ahora bien. ¿Tenemos voluntarios? No, Consuelo, no eres elegible. ¿Alguien más?

Josefina y Rafael estaban parados juntos. De repente se enderezaron. Ben se dirigía directamente a Josefina. Rafael se tensó al ver que Maya se le acercaba.

Los dos voltearon a mirarse. Josefina agarró la mano de Rafael.

—¡Nosotros lo haremos! —gritó.

Los aplaudieron todos. Ben aminoró su pasó. Los ojos de Maya se entrecerraron hasta convertirse en meras ranuras. Echó la cabeza hacia atrás y agarró la mano de Ben.

—¡Cuenten con nosotros! —gritó ella.

—Bueno —exclamó Diego—. Un detalle más. Tan pronto que hayan hecho la masa y la hayan extendido, la llevarán al comal en el hoyo de la barbacoa para cocerla antes de que la pruebe Juana, quien será de los jueces.

Al escuchar el nombre de Juana, Josefina dijo:

—¡Estupendo! Con ella no tengo ni la menor oportunidad de ganar.

—Bueno, equipos, tomen sus lugares. Recuerden, se juzgará tanto el sabor como la rapidez.

—¿Cuál será el premio? —preguntó Ignacio Flores.

Diego Castillo sonrió como el gato que se comió el canario.

—Es un secreto.

Josefina hizo una mueca.

—Bueno, pues eso no es mucho aliciente —murmuró—. Ni siquiera sabemos qué estamos tratando de ganar.

—No creo que importe —dijo Rafael—. El simple hecho de no tener que escuchar a Maya durante quince minutos es más que suficiente como premio.

Al recordar cómo se le había acercado Ben, Josefina estuvo de acuerdo.

—Bueno, ¿listos? A la una, a las dos y a las tres... ¡comiencen!

Todos los espectadores gritaban y silbaban, mientras los mariachis empezaron su propio arreglo de "Tequila", nada más que cuando llegaban a la parte en donde tenían que gritar "Tequila", gritaban "Tortilla".

—Vamos a ver —dijo Josefina lentamente—, primero la harina.

—¿Por supuesto que has hecho tortillas antes? —dijo Rafael con una mueca.

—Por supuesto —después de hacer una pausa, continuó—, nada más que a Lorenzo no le gustaban las tortillas, así que las dejé de hacer.

Rafael arqueó una ceja oscura.

—Quieres decir que no le gustaban las tortillas, ¿o no le gustaban las tuyas?

—Estoy un poco fuera de práctica, eso es todo. Es como hacer bizcochos.

Las Coronas ya se revolvían en el estómago de Josefina.

—Hazte a un lado —ordenó Rafael—. Yo las haré y tú las puedes extender con el rodillo. Te acuerdas cómo hacer eso, ¿verdad?

Josefina lo miró. *Dios,* pensó, *se ve muy alto.*

—Mi abuela usaba las manos.

—Bueno, pues ella no se encuentra —Rafael tomó la jarra de agua de la mano de Josefina y vertió una pequeña cantidad en el tazón para empezar a mezclar la harina y el agua.

—¿Por qué sabes tú hacer tortillas? —dijo ella, y se dio cuenta de que estaba un poco mareada.

—Soy soltero. Puedo hacer cualquier cosa. Pásame el polvo de hornear.

Josefina alcanzó el polvo de hornear de abajo de la mesa. Al enderezarse, una bola de harina mojada le pegó en el pecho.

—Con un demonio —espetó—. Rafael, eres un desgraciado —metió la mano en una bolsa, tomó un puño de harina y se lo aventó.

—¡Que demonios estás haciendo! —Rafael la miró furioso. Tenía harina por toda la cara y en el cabello.

—Tú me pegaste primero —lo acusó ella.

—No sé de qué estés hablando. ¿Dónde está el polvo de hornear? —preguntó mientras sacudía la harina del cabello.

—Mira lo que hiciste —dijo ella y señaló a su pecho.

En ese preciso momento, otra bola le pegó en el hombro y abrió extensamente los ojos. Volteó hacia donde había salido la bola.

Maya y Ben estaban en la mesa que seguía de la suya, a unos dos metros de distancia. Maya tenía una expresión muy contenta en la cara al mirar detenidamente a Josefina.

—¡Ellos nos tiran la harina! —se lamentó Josefina.

—No les hagas caso. Tenemos que apurarnos.

Se apoderó de Josefina una sensación de frivolidad en lugar de su acostumbrado sentido común. Sonrió con alegría casi cómica, como una niña de cuatro años al esperar la Navidad. Con una gran sonrisa, metió la mano en la masa que había mezclado Rafael, tomó una gran bola de masa y la aventó a Maya. Le pegó en un lado de la cabeza.

De repente las dos mujeres estaban tirándose la harina mutuamente. En una de esas, Josefina agregó más agua a la mezcla para hacerla más pegajosa.

—Oye —gritó alguien—, ¡el verdadero espectáculo está por aquí!

Todos se acercaron para observar mejor a las parejas combatientes.

Desde algún lado escuchó la voz de Consuelo sobre las risas.

—¡Desquítate de ella, Josefina!

Josefina estaba transpirando. Recogió más masa. ¡Caray! Se les terminaba la harina. Luego se le ocurrió algo a Josefina. *¡Dios mío!*, pensó. *¡Se me ha olvidado que está aquí Miguel!* Seguramente pensaría que se había vuelto completamente loca.

Momentáneamente pareció sorprendida al mirar a Rafael y luego a sí misma. Miró de reojo a Ben y a Maya. No había un centímetro de ropa en sus cuerpos que no estuviera cubierto de harina.

Los cuatro se pararon ahí respirando sofocadamente y mirándose mutuamente.

Una sonrisa empezó a dibujarse en los labios de Josefina. Al dejarse llevar por una sensación de euforia, empezó a reírse. Se rió tan fuerte que tuvo que sostenerse el estómago. No podía dejar de reírse. Era como si hubiera tenido toda la risa contenida durante tanto tiempo que era un gran alivio soltarla.

Luego todos se rieron. Los Castillo, Ignacio Flores, Jaime y hasta Juana. Josefina alcanzó la mirada de Miguel, quien le hizo una seña de gran aprobación. Hasta Ben y Maya se sonrieron.

Se atrevió a mirar a Rafael. Estaba sonriéndole. Y descubrió otra cosa, también. La miraba con unos ojos firmes y peligrosos, y a Josefina se le aceleró el pulso.

Se sentía enormemente viva.

Más tarde, no le había quedado otro remedio más que regresar a la casa para cambiarse para ir al baile esa noche. Josefina había escogido un vestido ajustado de tirantes delgados, de color verde esmeralda y unas sandalias verdes. Había optado por sentirse fresca y cómoda.

Varias parejas ya estaban bailando en la plataforma tamaño tejano que se había construido sobre la extensión de los jardines. Había luces y linternas para iluminar el patio mientras el jazmín que floreaba cerca expedía su dulce fragancia al aire.

Sus ojos registraron el lugar en busca de Rafael, medio esperando encontrarlo, pero al mismo tiempo se regañaba sola porque se había prohibido ella misma involucrarse emocionalmente con él.

Sofía y su pareja bailaban cerca al son de una polca mexicana. Ella apenas tuvo tiempo para saludar antes de ser girada por el cuarto con su pareja.

Las largas mesas del bufé estaban servidas de

nuevo con comida, y en otro lado estaba una cantina exterior donde en esos momentos estaba reunida la mayor parte de los hombres.

Consuelo le dio un codazo.

—Ahí vienen Raúl y Ben.

Josefina los observó mientras se les acercaban con interés, y sonrió al notar que Raúl alzaba la mano para saludarlas, mientras Ben portaba su acostumbrada sonrisa amable.

—Nos preguntábamos en dónde estarían ustedes —dijo Raúl—. Vamos, que nos apartaron una mesa.

Josefina buscó de nuevo en el recinto. Rafael no estaba ahí. Se sentó entre Miguel y Consuelo y se lamentó internamente. En el otro lado de la mesa, Rafael alzó su copa para brindar con ella. Josefina se sonrojó. ¿Se habría dado cuenta de que lo buscaba?

Llegaron sus copas y Josefina fingió estar observando la pista de baile. Después de unos minutos, empezaron a pasar varias personas a la mesa para platicar. Una de esas personas fue Juana.

Miró directamente a Miguel.

—Hola, hijo. Hay varios niños en la casa jugando y otros miran la televisión. ¿Quieres acompañarlos?

—¿Me das permiso, mami?

—Está bien —Josefina empezó a levantarse, pero Juana la detuvo—. Yo voy para allá, lo puedo llevar.

Miguel dejó que Josefina lo besara en la mejilla, y ella le sonrió.

—Voy en un ratito para verte, ¿de acuerdo? —él asintió con la cabeza y se fue con Juana.

—Mira allá —Consuelo señaló hacia Sara Gonzales. La enérgica mujer de mediana edad estaba parada cerca de los músicos. Tenía todo el aspecto de ser una mujer muy dura, pero tenía una gran sonrisa y tamborileaba el pie al son de una cumbia.

Consuelo bajó su tono.

—Ni te acerques a ella, o te hablará durante horas enteras de cómo deberías ir a misa constantemente para prender velas a los santos; y cómo deberías hincarte con los brazos abiertos en forma de cruz durante muchas horas; y cómo deberías comulgar cada mes —Consuelo se encogió de hombros—. Yo me harté tanto de ella que por fin le dije que si no estuviera tan ocupada con sus pláticas con Dios, quizás lograra buscar un marido.

Josefina casi se ahogó con su bebida y tosió discretamente. Al mirar de nuevo a Sara, Josefina notó que la mujer ya se movía animadamente al son de una salsa. Aparentemente, Sara tenía lo suyo, pero muy escondido.

—Vamos a bailar —Raúl se puso de pie y le extendió la mano a Consuelo.

Josefina los observó mientras caminaron a la pista de baile. Ahora que Josefina no tenía a Miguel para distraerla, buscó por dónde enfocar su atención para no mirar fijamente a Rafael.

Al recordar lo que había sucedido entre ellos en su casa, no sabía qué decirle. ¿Cómo debería portarse con él? Si no le hacía caso, los demás se preguntarían por qué, y además, estaba tan nerviosa que ni siquiera podía sostener una plática con nadie.

Se dedicó durante la próxima hora a bailar con quien le invitara.

Una vez, cuando Josefina pensó que Rafael no se fijaba en ella, se puso a estudiar sus facciones, su grueso cabello oscuro, su boca bien definida, y se sintió cálida por dentro. Antes de lograr desviar su mirada, la detuvo él con su mirada color ámbar. Habían sido sus ojos tan convincentes que la habían hecho olvidarse de todo.

Al levantarse él para bailar con Consuelo, no pudo más que mirar a su pantalón apretado y la fuerza de sus muslos que había sentido contra los suyos.

Un momento después, Ben tomó el asiento de Miguel y acercó su silla a Josefina. Ella sabía que él iba a volver a insistir en que saliera con él. Lo miró críticamente, y apretó los labios. Decidió no hacerle caso.

Josefina observó a Rafael y Consuelo mientras bailaban una balada. La sombra de barba en el rostro y su sombrero negro Stetson con el ala bajada un poco le daban un aspecto demasiado peligroso, y Josefina pensó que le daba facha de todo un criminal. Josefina suspiró y reprimió el deseo de salir a la pista de baile y tocar el hombro de Consuelo para tomar su lugar entre los brazos de Rafael. La camisa vaquera blanca marcaba el contorno de un torso ancho. Josefina sabía por experiencia propia lo que eran capaces de hacer esos brazos.

Desde la pista, los ojos de Rafael buscaron y encontraron sus ojos, y durante un latido del corazón, Josefina sintió que se le bajaban sus defensas.

No por primera vez, Josefina pensó que habría querido ser más como Consuelo, quien siempre se sentía tan cómoda alrededor de los hombres. De haber sido tan afortunada, le habría dicho a Rafael ese día que había estado en su casa que no lo temía, sino que temía cómo la hacía sentir. Ella realmente quería pensar que pudiera existir un futuro feliz.

Ben le invitó a bailar otra vez, y esta vez ella aceptó.

* * *

Rafael se aceró a la cantina por una cerveza. A propósito se había mantenido alejado de Josefina. Sus ojos de venado triste, tez cremosa, y aquella hermosa boca que tanto quería besar, ya eran demasiada tentación para él. Él ya había pensado que su corazón se había vuelto tan insensible que nada podría jamás volverlo a la vida. Si no sentía, nada le podía lastimar.

De haber creído en los mensajes del más allá, habría adivinado que Dios la había metido a ella en su vida con tal de enseñarle una lección.

Al levantar la cerveza a sus labios, podría haber jurado que escuchó un susurro: *Nadie tiene derecho de sentarse en sus laureles mientras la vida le pasa enfrente.*

Quizás no, pero pronto ya no tendría que preocuparse por nada de aquello. Josefina se marcharía.

Mientras tanto, la lucha interna de Rafael seguía entre la parte de él que quería que ella se quedara, y la parte que quería que se marchara.

Sintió que alguien le tocaba el hombro y volteó para encararse con Maya Rivera. Caray, la había esquivado durante toda la noche, y ahora lo había encontrado soñando como becerro enamorado.

—Antes de hoy, Rafael, no te he visto durante varios días. ¿Cómo has estado? —susurró dulcemente.

—Bien, Maya —respondió él, al sólo medio escucharla porque su atención estaba enfocada en una nube de tela color esmeralda que acababa de pasar bailando. Su mirada siguió a Josefina por la pista de baile. Era todo un espectáculo mirar a Josefina mientras se reía, pero mirar a Josefina mientras bailaba y movía su agradable cuerpo al son de la música era como mirar una obra maestra. Recordó el incidente encima de su televisor. No había podido volver a prenderlo sin recordar cuán exquisito Josefina se había sentido al ser presionada contra él, ni cómo había destruido él lo que pudo haber sido uno de los mejores días de su vida.

—¿Rafael?

—¿Sí, Maya?

—Dije que toca muy bien la banda, ¿verdad?

Él observó que Ben escoltaba a Josefina a su silla.

—Sí, tocan bien. Con permiso. Tengo que irme.

Se sintió culpable por abandonarla, pero una vez que Maya atrapaba a alguien, sólo con una palanca se soltaría.

Para cuando había llegado a la mesa, empezaban a tocar una balada. Miró a Josefina.

—¿Quieres bailar?

Josefina le sonrió cortésmente y se dejó llevar por él a la pista.

Josefina trató de relajarse al sentirse entre los brazos de él, pero no pudo. Estaba tan dura como una tabla. Los nervios tendían a afectarla así. Era probable que él le hubiera invitado a bailar para hacerle un favor a Consuelo...una pieza de rigor. Después de todo, ¿no había esperado hasta casi el final de la noche para invitarla a bailar?

Rafael bajó la cabeza para mirarla.

—Se ve que te limpiaste bastante bien.

¿Bastante bien? Ella se preguntaba qué le habría dicho a Consuelo a la hora de bailar con ella.

Ella miró por dondequiera menos a él.

—Sí, reconozco que estaba bastante sucia. Jamás podré volver a ver una tortilla sin pensar en este día.

Rafael se rió y su mano recorrió suavemente la es-

palda de Josefina. Para Josefina la caricia era erótica,
y su voz empezó a temblar un poco al hablar.

—El premio que dio Diego fue bastante interesante.

Tenía ganas de morderse la lengua. La mera mención de un viaje de fin de semana con todos los gastos
pagados le sonaba bastante sugestiva.

La mejilla de Rafael le rozó la sien al acurrucarse
en su cabello.

—Sí. Era mejor que no lo ganáramos, ¿verdad?

Josefina cerró los ojos e inhaló la fragancia de su
colonia masculina.

—Yo habría esperado un premio menos costoso —
respondió sin contestar la verdadera pregunta.

—A Diego le sobra para pagarlo, y le da una buena
oportunidad de hacer algo bonito para la gente que le
agrada.

Josefina sonrió.

—Bueno, pues Sofía y Fernando deben de estar felices de haber ganado por proceso de eliminación.

La risa rasposa de él vibró por su pecho y por poco
se le detuvo el corazón. Su pulso se volvió aún más
irregular cuando él se inclinó para susurrar:

—Te ves muy bonita esta noche, Josefina.

—Gracias —contestó ella, con voz sofocada.

Su brazo apretó más fuerte la cintura de Josefina y la
atrajo más cerca, y mientras se mecieron al ritmo lento
de la música, todo desvaneció a su derredor; el sonido
de las voces de la gente y los tintineos de los vasos, al
grado de que lo único que sentía ella era la sensación
de estar entre los brazos de él, y un franco deseo.

Se mecieron y se miraron intensamente, y ninguno
de los dos se dio cuenta de que la música había acabado. El aplauso los volvió a la realidad.

Josefina se detuvo repentinamente y sintió que se le subía el color a la cara por la vergüenza que sentía. Mantuvo la mirada al suelo mientras Rafael la llevó de nuevo a su mesa. No habría soportado que nadie se burlara de ella esta noche.

Pero nadie dijo ni una sola palabra. Nadie aparte de Ben.

—Oye Josefina, ¿te traigo un poco de ponche? —preguntó Ben.

—No, gracias, Ben. Voy a ver cómo está Miguel.

Josefina recogió su bolsa de mano y caminó en dirección de la casa de Elena y se detenía a saludar a uno que otro invitado. Elena le dio la bienvenida en el interior de la casa.

—Hola, Josefina. Pasa.

—No esperé encontrarla en el interior de la casa, Elena. Me imaginé que estaría afuera bailando —dijo Josefina con una sonrisa.

Elena le sonrió dulcemente.

—Me siento demasiado fatigada para seguir la fiesta con ustedes los jóvenes. Además, me gusta estar con los niños.

Ahora que Josefina ya sabía que Elena había sido la abuela de Stevie, se sintió incómoda en presencia de ella. No pudo más que preguntarse si Elena disfrutaba la compañía de todos los niños, o si se refería sólo al niño que se parecía tanto a su nieto. No por primera vez, Josefina se preguntó si había hecho lo correcto al traer a Miguel a esta casa, pero desechó la idea sin sentirse culpable. Quizás se sintiera muy sola Elena. Además, Miguel se había emocionado muchísimo por venir a la fiesta. No, ella no se arrepentía de nada. Era una lástima que tanta gente tuviera que sufrir por la muerte de Stevie, pero su accidente no había sido por culpa de ella ni por culpa de su hijo, y ella se negaba a esconderlo sólo porque se parecía tanto a Stevie.

—El video debe de terminar dentro de unos quince minutos. Miguel está en el reposet cerca de la pared.

Josefina notó que todos estaban disfrutando una versión animada de Hércules, y no quería molestar a los niños entrando por Miguel.

—Necesito preguntar a Consuelo cuándo quiere irse. Puedo regresar en unos diez minutos.

—Está bien, pero estás bienvenida a quedarte si quieres.

Josefina sabía que se sentiría incómoda hablando con Elena. ¿De qué hablarían? ¿De Miguel y Stevie? Esta amable mujer había sido la suegra de Rafael, quien a pesar de todo seguía siendo su amigo.

—Lamento que no pudo venir su hija —dijo Josefina.

—No pudo. Ella y su marido estaban fuera del país este fin de semana, pero piensan venir para pasar la Navidad.

Josefina asintió con la cabeza.

—Regreso en unos cuantos minutos.

—Está bien —dijo Elena suavemente—. Aquí estaremos.

Afuera, la luna llena iluminaba todo y hacía que la vista pareciera a una escultura en blanco y negro. Josefina se dirigió a un roble alto ubicado a un lado de la enorme casa.

Una leve brisa le acarició la piel y ella alzó su cabello de la nuca para que la brisa la tocara. Al soltarse el cabello, suspiró y miró hacia la oscuridad al preguntarse si el río del Diablo corría cerca. Esperaba que no. No podía imaginarse tener que mirar al río todos los días y recordar que había extinguido la vida de un hijo. Alzó las manos y las dobló sobre su pecho. *No pienses en eso,* se dijo en silencio. *No pienses en cómo se ha de sentir él cada vez que mira a tu hijo.*

—Un centavo a cambio de saber en qué piensas.

Josefina giró sobre sus talones y se apretó el pecho.

—Me asustaste.

—Perdón. Pensé que había hecho suficiente ruido al acercarme, pero estabas perdida en tus propios pensamientos. ¿Qué haces hasta aquí solita?

Ella se encogió de hombros.

—Tenía ganas de apartarme de la muchedumbre. Se palpa la tranquilidad aquí. A decir verdad, estaba pensando en lo afortunado que son los Castillo al vivir aquí. —Josefina descansó su mano en el árbol—. Es muy bonita la noche, ¿verdad?

—Sí —Rafael se le acercó desde atrás. Sus manos tocaron los hombros de ella, y la atrajo suavemente hacia él—. He tenido ganas de besarte durante todo el día —susurró cerca del cabello de ella.

Josefina cerró los ojos para disfrutar de su cercanía, y deseaba sentir su calor. Ella también quería que la besara. Él la volteó y suavemente bajó su boca a la boca de ella. Se abrió la boca de ella para dejar que le lanzara la lengua Rafael, y la recibió con la suya.

El beso fue largo y lento, y le provocó una descarga de calor que recorrió todo el cuerpo de ella como el mismo fuego. Sus manos rodearon el cuello de él, y arqueó su cuerpo contra el suyo, urgida de sentir el cuerpo duro de Rafael contra su cuerpo. Se estrechó más fuertemente contra él.

Rafael la apretó contra el árbol, y profundizó el beso, y se perdió en la reacción ardiente de ella mientras la saboreaba en su cercanía. Sus manos se deslizaron hasta las caderas de ella para atraerla más estrechamente contra su cuerpo, para que se diera cuenta ella de cuánto la deseaba, y cuánto más la necesitaba.

—Bruja —le susurró a la boca. Su lengua recorrió el labio inferior, moviéndose lentamente en la hendidura ahí como tanto había deseado hacerlo.

Josefina gimió al sentir que las manos de él se bajaban a sostener sus nalgas, y su rodilla se movió entre sus piernas.

En la distancia, escucharon las risas de la gente.

Hizo un esfuerzo agonizante para apartarse de ella y luego respiró hondo.

—¿Qué vamos a hacer para resolver lo que sucede entre nosotros?

La boca de Josefina estaba aún húmeda de su beso.

—No sé. ¿Qué quieres que diga? —su cara reflejaba su incertidumbre.

—Nos deseamos, Josefina. Lo único malo es que sería una relación pasajera.

Ella sintió un escalofrío que no tenía nada que ver con el clima.

—¿Una relación pasajera?

Él se encogió de hombros.

—La duración sería decisión tuya, dado que tú eres la que piensa irse. Y yo no puedo comprometerme más allá del presente.

Sus palabras le partieron el corazón. Josefina apartó de sus brazos, se hizo a un lado y dio un paso para atrás.

—Yo no soy mujer para una sola noche.

—No quise insinuar eso.

Su furia le hizo atacarlo.

—¿Entonces qué es lo que estás diciendo? Que me

deseas, ¿pero no quieres ninguna atadura? —ella dio otro paso hacia atrás—. Bueno, pues me da mucho gusto que me lo hayas dicho —agregó sarcásticamente.

Él tomó un paso hacia ella.

—Es que temo que no me haya expresado muy bien. Lo que quise decir era...

—Es tarde. Ya debo irme. Me está esperando mi hijo.

—Josefina —susurró—. No quise decir lo que entendiste. Fuiste tú que me dijiste que estarías aquí poco tiempo.

La manera en que ella alzó su mentón le indicó que sólo empeoraba las cosas con sus palabras.

La risa de ella fue amargada.

—Y pensaste, *qué bueno que de todos modos se va, así que por qué no he de disfrutarla un rato mientras esté aquí.*

Rafael meneó la cabeza.

—Estás muy equivocada, Josefina.

—¿De verdad? —ella desvió la mirada para que no notara él el dolor en sus ojos—. No importa. A fin de cuentas, las cosas suelen salir bien. Y ya he tenido demasiadas relaciones pasajeras en mi vida.

—Josefina...

—Ya me tengo que ir —repitió ella y siguió su camino.

Capítulo Nueve

¿Por qué demonios se había enojado tanto? Ella había sido la que se había empeñado tanto en irse del pueblo. De hecho, le había dicho varias veces que no tenía intención alguna de quedarse. Punto.

Rafael apartó su taza vacía y miró por la ventana de su cocina. Él la deseaba y ella lo deseaba a él, así que, ¿cuál era el problema? ¿Cómo debería reaccionar ante las miradas tan ardientes que ella le lanzaba? Ayer en la fiesta, ni siquiera había importado que los rodeara tanta gente. Él había tenido que luchar contra el deseo de arrastrarla hacia algún escondite para buscar la privacidad. Según la manera en que los ojos de ella le hablaban, no cabía la menor duda que con gusto se habría ido con él.

La frustración subía por su cuello como si fuera una soga ardiente, y le daban ganas de aventar su taza contra la pared para escuchar mientras se rompía en mil pedacitos... al igual que ella despedazaba su corazón.

Más tarde, en cuanto logró pensar con mayor claridad, por fin admitió que había manejado muy mal las cosas. Parecía que él y Josefina siempre hacían lo correcto en el momento menos propicio. Y no comprendía por qué cada vez que estaba con ella, lo único que quería hacer era abrazarla y sostenerla entre sus brazos, pero cada vez que quería hablar con ella para explicarle las cosas, era incapaz de explicarle.

Y cuando ella se fuera, ¿cómo quedaría él? Estaría tratando de sobreponerse después de otra pérdida, así es cómo quedaría. Y esta vez dudaba mucho que pudiera soportar el dolor. No se había comparado el dolor de perder a su esposa con el dolor de perder a su hijo. Perder una familia había sido afín a una caída de un precipicio hacia un abismo... un profundo poso negro de donde no pudo salir durante mucho tiempo.

De haber pensado que haría diferencia alguna dentro del todo, le habría contado todo esto a Josefina, pero la verdad era que no volvería a arriesgarse a perder otra familia.

Sin embargo, cada vez que se encontraba cerca de ella su sentido común se perdía en el espacio, junto con sus buenas intenciones.

Anoche había soñado de nuevo con ella. Tanto ella como su hijo se le habían metido al corazón y le dolía como un demonio volver a estar tan encariñado con alguien.

Ella le había invadido su vida. Ahora era una intrusa dentro de sus pensamientos y en sus sueños, y no le gustaba cómo le estaba afectando... ni cómo lo desgarraba por dentro.

Josefina había tardado todo el día en escribir una carta a su tía Dora, sólo porque no podía sacar a Rafael de sus pensamientos. A decir verdad, él había ocupado la mayor parte de sus pensamientos durante varios días.

Ella reconocía que él la deseaba, pero para ella no era suficiente. Ella deseaba lo que jamás había logrado tener. Raíces. Un hogar que fuera verdaderamente suyo. Y una familia que incluía un hombre a quién podría respetar.

Tocaron la puerta e interrumpieron sus pensamientos. Cuando la puerta se abrió, sus ojos brillaron sorprendidos.

—¿Puedo pasar? —le preguntó Elena cortésmente.

—Por favor —contestó, y luego la acompañó al sofá—. ¿Puedo ofrecerle una bebida?

—Lo que estés tomando.

—Café —dijo Josefina, y levantó su taza vacía de la mesa de centro.

—Eso sería agradable. Gracias.

Josefina envidiaba la compostura de Elena, porque ella siempre tenía que luchar para no parecer torpe alrededor de esta mujer. Se acercó a una alacena y sacó una taza y un platillo.

—¿Con crema y azúcar? —preguntó Josefina desde la pequeña cocina.

—Nada más crema, por favor.

Josefina regresó con el café y la crema sobre una bandeja, y lo colocó sobre la mesa de centro. Al levantar su propia taza, se preguntó por qué la iría a visitar Elena. Supo instintivamente que Elena no la visitaría sin tener motivo alguno.

—He venido para pedirte algo...un favor, a decir verdad —dijo Elena al verter la crema en su café.

Josefina la observó desconfiadamente.

Elena alzó la taza a la boca y tomó un sorbo, y

luego la colocó en el platillo sin soltarlo de la mano.

—Yo sé que has pasado por momentos difíciles, Josefina. Y ahora, todo esto de Stevie y Miguel, el gran parecido entre ellos, pues tiene que ser muy difícil para ti. Especialmente cuando todo el mundo se la pasa comentándotelo —sonrió un poco para limar las asperezas de lo incómodo de este encuentro—. No quiero que pienses que lo que te voy a pedir tenga algo que ver en todo eso.

Josefina colocó su taza sobre la mesa, y de repente se apoderó de ella una gran sensación mezcla de curiosidad con temor.

—Anoche antes de que los niños empezaran a ver su película, Miguel mencionó que su cumpleaños es la semana que entra.

Josefina asintió cortésmente con la cabeza mientras le invadía un chorrito de alarma en la boca del estómago.

Elena miró directamente a los ojos de Josefina y dijo:

—Me gustaría brindarle una fiesta de cumpleaños —ante la mirada asombrada de Josefina, Elena alzó la mano—. Por favor, escúchame antes de responder.

—De acuerdo.

—Es cierto que los dos muchachos se parecen mucho, pero ahí es por donde se acaba el parecido. Un niño jamás puede tomar el lugar de otro. Te mentiría si no te dijera que cuando miro a Miguel, siento un cariño especial hacia él y hacia ti. Pero mi decisión de brindarle una fiesta viene más bien del hecho de que tu hijo es un niño lindo y compartido. No importa dónde acaben por vivir ustedes dos, creo que sería maravilloso poder festejar su cumpleaños. El

momento es tan importante, Josefina. Crecen tan
pronto.

—Sí, lo sé —contestó Josefina a través del nudo
que se había formado en su garganta, conmovida por
las palabras de Elena.

—¿Estará presente el padre de Miguel?

Josefina desvió la mirada.

—No. Le llamé para avisarle en dónde estamos viviendo, y dijo que no podría visitar a Miguel este año.
Su esposa está embarazada, y la presencia de Miguel
no sería oportuna en estos momentos —habían sido
las palabras exactas de Lorenzo.

—Me doy cuenta de lo unidos que son tú y tu hijo.
Es un niño muy inteligente. Creo que realmente me-
rece la alegría de una gran fiesta de cumpleaños, ¿de
acuerdo?

Inteligente la vieja, pensó Josefina. Había tramado
cuidadosamente cada palabra. ¿Cómo podía Josefina
rechazar una atención tan fina? ¿Cómo podía rechazar
tanta felicidad para su hijo?

—Estoy conmovida, Elena... mucho más de lo que
usted se imagina.

—¿Así que me aceptas?

Las dos se rieron.

—Elena, ¿ha discutido todo esto con Rafael?

—Por supuesto, querida. A él le pareció una idea
maravillosa.

Las dos se acomodaron en el sillón para disfrutar lo
que les quedaba de café.

Elena Castillo era una mujer notable.

Josefina habría preferido que no le cayera tan bien.

*   *   *

—Mamá, ¡despierta!

Josefina parpadeó para acostumbrarse a la luz.

—Hijo, ¿qué pasa?

Los ojos de Miguel brillaban como las luces en un árbol de Navidad.

—¿No tenemos algo que hacer hoy?

Josefina echó una mirada al reloj digital y gimió.

—Mi cielo, son las seis y media de la mañana. No creo que Consuelo se haya levantado todavía.

—Sí, ya se levantó. Me preparó un poco de cereal. Luego dijo que iba a ir a practicar con su fuete.

Josefina sonrió. No podía imaginarse siquiera a la pequeña Consuelo usando ese fuete con nadie. Se preguntó, y no por primera vez, por qué tenía Consuelo un pasatiempo tan extraño.

Miguel persistió.

—Bueno, ¿no es cierto que tenemos mucho que hacer? ¿Necesitas ir de compras?

Los ojos de Josefina brillaron al acomodar la cabeza en la almohada contra la cabecera.

—Yo ya hice mis compras.

Los ojos del niño se estiraron.

—¿Ya? Pues, yo no veo los regalos.

—Y, ¿a poco pensaste que los iba a dejar regados por donde podías encontrarlos, pequeño travieso?

Él se quedó callado, y Josefina detectó un poco de desilusión en sus ojos antes de desviar la mirada. Empezó a deslizarse de la cama.

—Oye, ¿adónde vas?

—A ver la televisión.

—¿No has olvidado algo?

Se detuvo y la miró.

—¿Algo como nuestra pequeña tradición? —dijo ella.

—Pensé que se te había olvidado —dijo él, pero con una pizca de nostalgia.

—Jamás olvidaría algo así, hijo mío. Es nuestra tradición y es muy especial. Ahora, vamos a ver, ¿dónde lo puse?

Los ojos del niño se abrieron ampliamente.

—¿Dónde, mamá? No encontré nada, y busqué muy bien.

Josefina se rió.

—Es porque se encuentra aquí en alguna parte. Hmmm. Ah, sí, creo que está aquí —metió la mano abajo de la almohada a su lado y sacó un regalo envuelto alegremente. Feliz cumpleaños, mi ángel.

El grito de alegría de Miguel conmovió a Josefina.

—¿Puedo abrirlo?

—Por supuesto.

Rompió la envoltura e ignoró el moño perfecto. Su sonrisa iluminó todo el cuarto al mirar a su regalo.

—¡Un coche de control remoto! Gracias, mamá. Es justo lo que quería —se inclinó para darle un beso en la mejilla.

—De nada, hijo. Vamos a festejar tu cumpleaños más tarde con Consuelo y Juana, ¿de acuerdo? —no era mentira, realmente, pensó. Consuelo y Juana estarían con ellos para festejar su cumpleaños, nada más que lo harían en el rancho de Elena.

—De acuerdo —dijo al correr en la dirección del televisor.

Josefina sonrió. Era un niño tan maravilloso, y se sentía tan afortunada de tenerlo en su vida.

La cara de otro niño apareció ante sus ojos. Stevie. Josefina ofreció una oración silenciosa por sus padres, quienes jamás podrían festejar nada con él. Nunca.

Se preguntaba dónde estaría Rafael en estos momentos. ¿Estaría en el rancho de Elena? Quizás debiera haberlo dejado que se explicara esa noche. Quizás había reaccionado excesivamente.

De cualquier modo, antes de irse de Sandera, tanto por él como por ella misma, debería confesarle sus sentimientos respecto a él. Tenía que saber que ella no era promiscua, y que jamás entregaría ni su corazón ni su cuerpo a un hombre que no amaba. Sin embargo, ella había estado justo a punto de hacerlo con Rafael. Nadie la había hecho responder así, ni siquiera Lorenzo.

Consuelo le había dicho a Miguel que antes de que pudieran festejar su cumpleaños tendrían que pasar por una segadora en el rancho de Diego Castillo porque la suya se había descompuesto, y agregó que entre más pronto hicieran eso, más pronto podían regresar para su fiesta. Miguel había caído en el cuento.

Consuelo metió el coche a la entrada larga y circular y apagó el motor. Al bajarse del coche, Josefina miró alrededor. El rancho de los Castillo seguía siendo tan hermoso como ella lo recordaba. Le fascinaban los pinos y robles que rodeaban la hacienda de tejas rojas. Josefina casi pudo imaginar cuán hermoso se vería este lugar durante las diferentes estaciones del año. Cerró los ojos y se imaginó el pasto húmedo y la fragancia de las flores primaverales, así como el jardín en el otoño justo antes de que el frío invierno se apoderara del lugar.

Miró al árbol donde se habían parado y donde Ra-

fael la había besado, y se le hinchó el corazón.
Desde la noche en que estuvo ahí con él, había recorrido la misma escena una y otra vez en su mente,
solamente que su fantasía tenía final feliz. Había
fantaseado que yacían abrazados bajo ese magnífico
y digno roble con sus ramas extendidas que forma-
ban una pantalla para protegerlos de la curiosidad de
la gente.

Diego los esperaba en la veranda de la entrada.

—Hola. ¿Cómo están?

Josefina sonrió.

—Bien, gracias.

—¿Y quién es este pequeño? —dijo Diego, al mirar
directamente a Miguel.

Miguel se acercó y dijo con orgullo:

—Soy yo, Miguel —sacó el pecho. Después de
todo, era su día especial.

Todos se rieron y siguieron a Diego a la casa. Josefina
caminó al lado de Miguel, y enfocó su atención en su
cara. No quería perderse de una sola expresión ni de un
solo gesto al enterarse él de lo que había hecho Elena.

Al entrar a la casa, Elena salió tan elegante como
un cisne y se inclinó para besar a Miguel en la mejilla.

—Miguel, bienvenido a mi casa de nuevo. Por
favor, pasen todos. Miguel, si vas a la cocina, Rosa
tiene algo para ti. Luego puedes regresar a acompañarnos, ¿de acuerdo?

Miguel asintió con la cabeza y miró a Josefina, pensando que ella lo acompañaría. Josefina lo siguió
mientras Consuelo y Juana fueron escoltadas a la gran
sala.

En la cocina, Rosita, la sirvienta de Elena, sonrió
al desearle un feliz cumpleaños mientras le entre-

gaba un regalo a Miguel. Josefina estudió el pequeño paquete envuelto en la mano de Miguel... un
pequeño regalo para aplacarlo un rato. Probablemente había sido la brillante idea de Elena, pensó
Josefina.

Al regresar con Elena, ella sonrió a Josefina mientras abría las puertas corredizas.

Tan pronto entraron a la sala, se prendieron las
luces, y todos gritaron.

—¡Feliz cumpleaños!

Josefina se emocionó tanto que cualquiera habría
pensado que se trataba de su propio cumpleaños. Se
quedó mirando a la cara de Miguel porque no quería
perderse de absolutamente nada.

Miguel alzó la mirada hacia su mamá, y sus ojos
bailaban de alegría. Josefina se inclinó para besarlo,
luchando para no llorar.

Estaba mirando tan intensamente a Miguel que no
se fijó en Rafael, quien estaba apoyado contra la
pared, hasta que de repente alzó la mirada. Se juntaron sus miradas desde los dos lados opuestos del
cuarto, y de repente ella olvidó lo que iba a decir.

Al ponerse un sombrero de cumpleaños, Miguel pareció gallito al escuchar cuando todos le cantaron las
mañanitas, y abrió sus regalos. Josefina había esperado que asistieran sólo los Castillo, Consuelo y Juana
a la fiesta, así que estaba gratamente sorprendida al
descubrir a Sofía y por lo menos a otros doce niños.
Los recordó de la fiesta.

Después de la fiesta todos salieron al jardín, dónde
los niños disfrutaban al montar ponis, rompían una piñata y observaron el espectáculo de un mago.

Todo el tiempo Josefina sonrió. No lo podía evitar.

Hoy tenía que ser uno de los días más felices de su vida porque Miguel estaba divirtiéndose muchísimo.

Un momento después, Josefina echó una mirada por sobre el hombro y vio a Rafael platicando con Diego. La miraba fijamente. Ella volvió a darle la espalda. No la había saludado, y ella se preguntó si estaba todavía enojado con ella.

Miguel gritó de gusto al ser alzado encima de un poni para montarlo por todo el jardín.

El corazón de Josefina se dio vuelo. La cara de su hijo reflejaba su felicidad por haber pasado un día perfecto. Le brillaban los ojos, su risa era contagiosa, y era lo único que importaba.

Rafael miró a Josefina, totalmente transportado, mientras ella aplaudió y puso las manos en su pecho cada vez que Miguel se reía. Él estaba asombrado por la belleza de ella, por su amabilidad y por la manera en que demostraba su amor a su hijo. Ella era una mezcla fuerte de una inocente y una seductora. Era una brisa fresca.

Y antes de que se acabara esta noche, ella se entregaría, y sería suya. No sabía exactamente qué le hacía sentirse tan seguro de eso, aparte de desearla tanto.

No se trataba sólo de una atracción física. Reconoció al mismo tiempo que realmente quería estar con ella en todos aspectos. Deseaba saber su color preferido y sus pensamientos más profundos. Era la primera vez que él sentía esto, y de un modo extraño lo excitaba.

Vio que los niños se habían reunido cerca de un árbol del cual habían colgado una piñata. Acababan de atar una venda a los ojos de Miguel. Rafael se acercó a ellos.

Miguel no atinó la primera vez, y todos lo abuchearon. Lo intentó por segunda vez y tampoco atinó.

Se le acercó Rafael y le quitó la venda de los ojos.

—Te voy a hacer girar tres veces, y en cuanto te pare, quiero que uses el palo como si fuera un bate de béisbol, y tan algo como puedas. ¿De acuerdo?

Miguel asintió con la cabeza.

—¿Te quedarás para verme?

La voz de Rafael era suave.

—¿Quieres que me quede?

Miguel asintió vigorosamente con la cabeza.

—Por si acaso no lo hago bien.

El corazón de Rafael empezaba a derretirse pedazo por pedazo. Contra su voluntad, su mano se extendió para tocar al niño en el hombro. Al mirar a la cara de este niño, se sorprendió porque ya no veía a su hijo. Por primera vez estaba tocando a Miguel y mirándole a sus ojos, y lo que vio era un niño de siete años que estaba hambriento de aceptación masculina. Lo que vio era un niño dulce ansioso de agradar a todo el mundo y de enfrentarse a la vida.

Miguel cien por ciento original.

—Estaré cerca por si me necesitas —susurró.

Miguel le sonrió.

—De acuerdo. Ahora puedes ponerme la venda en los ojos. Estoy listo.

Todos aplaudieron cuando Miguel atinó con un fuerte golpe, y los dulces volaron por todos lados.

Al quitarse la venda de los ojos, miró directamente a Rafael y le señaló con los dos dedos pulgares hacia arriba.

Rafael le sonrió y le devolvió el gesto.

Josefina estaba observándolos desde la orilla, sorprendida y un poco fascinada ante el interesante cambio de actitud.

Esperó que Rafael le dirigiera la palabra, pero no lo hizo. Ni siquiera cuando caminó ella a la parrilla para servirse una salchicha, ni tampoco cuando se paró solita mientras el mago presentó su espectáculo, y tampoco cuando había caminado a la casa solita para avisarle a Rosita que se había acabado el hielo para las bebidas.

Pero ella sabía perfectamente que la observaba.

Un poco después, Elena los juntó a todos. Había un regalo más, anunció. Cuando Miguel alzó la mirada en espera del regalo, ella le sonrió.

Diego colocó una caja grande delante de Miguel. Al abrir la tapa, se le abrieron extensamente los ojos y gritó:

—¡Es un cachorro!

Al principio Josefina pensó que se trataba de un muñeco de peluche. Inhaló agudamente cuando vio al chihuahua. ¿Cómo se le habría ocurrido semejante cosa a Elena? Ellos no podían tener un perro en la casa de Consuelo.

Al mencionarlo más tarde, Elena le aseguró que Consuelo había participado en la sorpresa.

Josefina tuvo que acceder. Miró a Rafael suspicazmente, y se preguntó si había tenido que ver en la complicidad. El día que habían ido a pescar, Miguel había preguntado a Rafael si tenía un perro.

El sol ya caía en el horizonte al igual que Miguel se caía de cansancio. Al quedarse dormido, Josefina se dio cuenta de que ya era la hora de retirarse.

—¿Puedo quedarme aquí esta noche, mamá? También Menudo está cansado.

—¿Menudo?

—Así llamé a mi perro.

—Miguel, no queremos cansar a nuestros anfitriones.

—Josefina, ojalá que lo dejaras con nosotros —dijo Elena al acercarse atrás de ella. Algunos otros niños se van a quedar a dormir. Te prometo que estará bien aquí.

Josefina no estaba muy decidida, pero después de ver cuán fatigado estaba Miguel, accedió.

—Si está segura que no será una molestia.

—Por supuesto que estoy segura.

Josefina y su hijo jamás habían estado separados antes, y ella aún no se convencía de que le gustara la idea de dejarlo ahí. *Eres un tanto egoísta, ¿verdad Josefina?,* le dijo una vocecita interior. El niño había estado muy contento todo el día. Lo mejor de todo era que había estado con otros niños de la misma edad.

Después de que Elena los llevara al cuarto de visitas, Josefina le dio un beso de buenas noches, y luego regresó a la cocina.

—Rosita, ¿puedo ayudarte al lavar los trastes?

—Dios mío. No, señora. Ya casi acabo. Hay un poco de jugo y té en el refrigerador. Sírvase lo que guste. Voy a salir tantito.

Josefina asintió con la cabeza y se dirigió al refrigerador. Se sirvió un vaso grande de té y se quedó admirando la gran cocina.

Rosita había dejado prendido el radio y se oía una balada mexicana muy sensual. El cuerpo de Josefina se mecía al ritmo de la música, y cantaba con el artista.

—Parece que llegué a tiempo.

Avergonzada porque la había encontrado bailando sola, Josefina se detuvo y se encaró con Rafael.

—Debes hacer algo respecto a esa costumbre tuya de asustar a la gente —dijo ella, y se arrepintió de sus palabras. No fue lo que había querido decirle.

—Si no estuvieras tan concentrada en lo que haces, me escucharías al acercarme —le quitó el vaso y lo colocó sobre la barra. Y luego la tomó entre sus brazos para bailar con ella.

La música era demasiado sensual, él estaba demasiado cerca, y ella era demasiado vulnerable. Al atraerla contra él, ella cerró los ojos y se dejó llevar por la música.

Josefina estaba cansada, pero no demasiado cansada para no sentir ansiedad por el deseo. Eso aunado a la emoción del día, y apenas pudo sostener los ojos abiertos.

Tenía ganas de irse a casa, pero estaba demasiado cansada para decírselo. Descansó su cabeza sobre el pecho de él y sintió que la apretaba más.

—Mi pobre Josefina tan cansada.

Ella alzó la cabeza para decirle que tenía toda la razón, pero tanto su letargo como los ojos de él le impidieron quejarse cuando la boca de él capturó la suya.

El beso fue distinto al beso que se habían dado bajo el árbol. Su boca le tocó la suya suavemente y con ternura. Sus manos acariciaron su cabello, y le inclinó la cabeza para profundizar el beso. La atrajo contra él fuertemente.

De la garganta de ella se escapó un gemido al aferrarse a él.

—Josefina, querida, ven a casa conmigo —susurró—. Nada más déjame sentirte entre mis brazos. No haré nada que tú no quieres que haga. Esta noche será bajo tus propios términos.

Era una gran tentación, pero ella recordó las palabras que él había pronunciado aquel día cuando se habían besado cerca del árbol, y reconocía que no le sería posible acompañarlo. *Sólo sería una relación pasajera,* había dicho él.

—No puedo.

—¿Por qué no? —insistió él—. Me dijo Elena que Miguel va a dormir aquí.

Su cuerpo no lo podía resistir. Los brazos de Josefina lo atrajeron hacia ella.

—Consuelo ya se fue —dijo él, al besar los extremos de su boca y sus párpados.

—En ese caso, sería una grosería de mi parte decirte que no, ¿verdad? Especialmente en vista de que no tengo en qué irme a casa —se presionó más contra el cuerpo de él.

Rafael gimió.

—Quizás debamos irnos ahora antes de que todos regresen a la casa.

De repente ella recordó de quién era esa cocina, y se apartó de él.

—Josefina —susurró Rafael—. Ven conmigo.

Ella quería acompañarlo. Vaya, si quería ir con él. Se preguntó si sería tan decadente de su parte hacerlo. Cerró los ojos y cuando los volvió a abrir, él la miraba intensamente.

—Sí —susurró ella.

Al abrir la chapa de la puerta principal de su casa para escoltar a Josefina a la sala, Rafael estaba convencido de que ninguna otra mujer era tan atractiva ni tan bonita como Josefina. Tampoco tan dulce. Una

sola mirada con sus ojos oscuros y lo tenía ardiente-
mente deseoso de tenerla entre sus brazos.

Tal y como había prometido, dejaría que ella mar-
cara el paso. Dos veces antes las circunstancias los habían unido...una vez en este mismo cuarto y la otra
vez bajo el árbol, y él no había estado preparado ninguna de las dos ocasiones. Esta noche, dejaría que la
misma naturaleza siguiera su curso. Y si no sucedía
nada, que así fuera.

—Siéntate, por favor. ¿Te puedo ofrecer una cerveza o un poco de té?

—Lo que vayas a tomar tú —respondió Josefina.

Josefina se sentó en la orilla del sofá y se sintió incómoda. Cuando reapareció Rafael, colocó dos cervezas sobre la mesa de centro y se sentó. Estiró sus
largas piernas. Le entregó una cerveza. Se tocaron sus
manos. Se juntaron sus miradas, y Josefina trató de no
mirar en dirección del televisor.

Pareció cambiar de opinión Rafael respecto a las
cervezas. Recobró la botella de ella y colocó las dos
cervezas sobre la mesa de centro antes de dirigir su
atención a Josefina. Sus ojos se volvieron más tiernos
y tranquilizadores, y extendió la mano para tocar su
hombro. Sus dedos la acariciaron suavemente, y subieron a su mejilla. Su dedo índice recorrió lentamente su
mejilla y bajó a su labio inferior para acariciarlo.

—Tienes la boca más hermosa de todo Texas —susurró.

Josefina respiró jadeante y se inclinó hacia adelante, y su mano se extendió hasta la nuca de Rafael
para atraer su boca hacia la suya. Esta noche pasaría
como ella dictara, y decidió aprovechar muy bien la
oportunidad brindada.

Los labios de los dos eran ansiosos, sus manos ansiaban tocarse mutuamente, y muy pronto olvidaron las condiciones acordadas para esta noche.

Rafael la besó como si no pudiera saciarse de sus labios. Bajó la mano y le desabrochó la camisa de ella, y para su deleite encontró que no llevaba sostén alguno. Su aliento salía jadeante mientras frotaba su pezón con un dedo pulgar encallecido. Ella arqueó la espalda para ofrecerse ante él. Luego la exploró con la boca. Era tan dulce, tan hermosa.

Josefina lloriqueó delicadamente mientras tocaba el cabello de él con sus dedos al acercarse más. Se sintió privada de él cuando soltó su pezón para tomar posesión de su boca de nuevo.

Dios, cómo la deseaba.

—Rafael —susurró en su boca—. Por favor.

Rafael se apartó un poco y la miró.

—Josefina, ¿qué pasa?

Josefina enterró sus dedos en los hombros de él.

—No quiero esperar. Haz el amor conmigo. Ahora mismo.

Él le apartó su hermoso cabello y la besó tiernamente en el hombro.

—Ay, Josefina, mi vida.

La alzó suavemente en sus brazos y la llevó a la recámara, depositándola de pie al lado de la cama para desnudarla lentamente. Al terminar, ella le hizo lo mismo a él.

Sin barrera alguna, se unieron. Deseaba tocarla en todas partes, y ansiaba hacerla suya.

La acostó suavemente sobre la cama. Bajó la cabeza para unir sus bocas en un beso que sintieron hasta el alma y que la dejó sofocada. Sintió su dureza edecan

Cumplido

indiferente

Vertir

razon

trabado

pegajoso

mantalor

escurridor

contra ella, y su cuerpo entero temblaba con urgencia. Ardía con el deseo de sentirlo dentro de ella. La idea le aceleró la respiración.

Continuó el asalto sensual de su boca y sus senos.

La respuesta apasionada de ella ya estaba volviendo loco a Rafael. Su deseo sexual aumentó, mezclado con una emoción tan fuerte que no la reconocía.

El cuerpo de ella temblaba al sentir que sus manos la recorrieran por todas partes para provocarla aún más. Entonces se alzó él y la miró a los ojos. La deseaba ardiente y lista.

Ella separó sus muslos para mostrar su deseo y su exigencia para que la poseyera.

—Esta vez, querida, no hay nada que nos lo impida —susurró y alcanzó una caja que estaba encima de la mesita de noche. Ya estaba abierta y dejó que se vaciara el contenido sobre la superficie.

—¿Tantos? —logró susurrar ella.

—Tenemos toda la noche —susurró él mientras le alzaba las caderas para que lo recibiera. Su erección le tocó el muslo, buscando suavemente hasta encontrar lo que tanto deseaba escondido entre los suaves vellos entre sus muslos. Su mano recorrió sus senos para bajar lentamente por sus costillas hasta su cintura y abdomen. Se inclinó y susurró palabras de amor en su oído.

Josefina lo agarró por los hombros y arqueó la espalda, y gemía por el deseo de que la penetrara.

Él respondió penetrándola un poco hasta sentirla retorciéndose debajo de él. La penetro un poco más para luego salirse lentamente con un ritmo lento.

Josefina le rodeó las caderas con las piernas y se juntó al ritmo mientras gemía con placer. *Jamás he experimentado tanto placer,* pensó gimiendo.

Rafael sintió que ella se tensaba alrededor de él justo antes de llegar a su orgasmo, y aceleró su ritmo hasta que los dos gritaron juntos.

Más tarde, él estaba loco con el deseo de volver a poseerla. Esta vez, sin embargo, la mano de Josefina tomó posesión del suave calor de su erección, ansiosa de explorarlo.

Josefina miró al enredo de cobijas al recordar lo que habían hecho la noche anterior. Se movió un poco y gruñó, obviamente adolorida. Los dos se habían gozado mucho. Al principio fue muy tierno con ella, y luego más despiadado, pero cada vez había sido distinta.

—Espero que estés pensando en cosas bonitas —susurró él en su oído.

Durante un momento, ella se sintió avergonzada por su desnudez y se metió debajo de las cobijas.

Él le tocó la mejilla con la mano.

—Eres hermosa —susurró.

Más tarde, al quedarse dormida Josefina, se le ocurrió que durante su vida conyugal, el sexo había brillado por su ausencia.

Capítulo Diez

Josefina no había tenido noticias de Rafael en una semana. Significaba que sólo le quedaban dos semanas antes de que comenzaran las clases en la escuela para Miguel. Se le acababa el tiempo. No estaba segura de qué hacer. No tenía suficiente dinero ahorrado para pagar las reparaciones de su coche, así que sólo le quedaban dos opciones: podía pedirles el faltante prestado a sus padres, o podía quedarse a trabajar.

Le agradaba que estuviera cerrado el restaurante hoy y que Miguel hubiera acompañado a Consuelo a ver a su madre y a su hermana. Eso le daría una buena oportunidad para pensar. Josefina también planeaba escribir una carta a su tía y a sus padres. Pero también tenía otra razón para quedarse. Raúl le había llamado para decirle que quería hablar con ella personalmente.

Josefina tomó su papel membretado y una pluma, y bajó a la planta baja para esperarlo. Escogió la misma mesa donde se había sentado Rafael aquel día cuando ella y Miguel habían regresado del parque. Al mirar por la ventana, recordó que había hecho lo mismo. *¿En qué habría estado pensando él aquel día?*, se preguntó.

¿En qué estaría pensando ahora? Fuera lo que

fuera, ella dudaba mucho que tuviera nada que ver con ella. De lo contrario, él ya la habría llamado. Josefina era lo suficientemente honesta para admitirse a sí misma que si él optaba por terminar la relación con ella, ella no tenía derecho alguno de estar enojada. ¿No había insinuado él que sería una relación de una sola noche? No hubo ninguna promesa ni compromiso alguno entre ellos. Sin embargo, eso no significaba que no le destrozaría el corazón. Suspiró con tristeza. Lo extrañaría más de lo que quisiera reconocer.

Raúl le había aseverado que Rafael se encontraba bien. Sin embargo, no le había ofrecido ninguna otra explicación por querer entrevistarse con ella.

Josefina trató de sacudirse una vaga sensación de inquietud al mirar el papel membretado en blanco frente a ella. No tenía la menor idea de qué escribirles a sus padres. Siempre les decía lo mismo: *Yo estoy bien, Miguel está bien, no se preocupen.* Por supuesto ahora podía escribir: *Me he enamorado de un hombre que sospecho que teme corresponderme.*

Recordó cómo había hecho que su cuerpo vibrara con vida, cómo había parecido tan abierto respecto a sus sentimientos para con ella, y cómo había sido tan amoroso. Pero estaba casi segura de que no había lugar en el corazón de Rafael para ninguna mujer mientras él siguiera viviendo en el pasado. Su dolor por la muerte de Stevie lo hacía imposible.

Y ella no aceptaría menos.

Tocaron a la puerta principal, y ella brincó y luego fue a abrirla.

—Hola Josefina. ¿Cómo te va? —le preguntó Raúl.

—Estoy bien. Pasa, por favor —trató de sonreírle.

—Espero que no te haya impedido hacer planes —pareció incómodo y ella se sintió inquieta de nuevo.

—No. Pensaba escribir a casa, es todo. Toma asiento y traeré un poco de té. Estoy sentada en aquella mesa —dijo al señalar la mesa donde estaba el papel membretado y la pluma.

—De acuerdo —dijo y fue a sentarse.

Al estar sentados los dos, ella se inclinó hacia adelante y esperó.

Una vez más, él pareció incómodo antes de meter la mano en el bolsillo de su camisa para sacar un papel.

—Rafael me pidió que te entregara esto.

Josefina hizo una mueca y aceptó la nota.

—¿Dónde está él? ¿Por qué no me trajo esto él mismo?

Raúl se inclinó hacia adelante y descansó los codos sobre la mesa.

—Está fuera del pueblo, y probablemente no regresa hasta mañana o pasado mañana.

—Ya veo —dijo Josefina—. Así que tiene toda la semana fuera —no fue una pregunta.

Raúl desvió su mirada.

—En realidad, salió ayer.

—Ya veo —le costó trabajo pronunciar las palabras por el doloroso nudo que se le había formado en la garganta. Miró la factura que sostenía en la mano—. Esta es la factura pagada de las reparaciones de mi coche.

—Mira, Josefina. Se supone que yo debo decirte nada más que la cuenta ya se pagó y que ya estás libre —tomó lo que le quedaba de té.

Ella tenía ganas de correr a su cuarto.

—Ya veo —pero en verdad no lo comprendía—.

¿Entonces por qué no me lo dijo Rafael? Me pudo haber llamado.

—Está ocupado todo el día como testigo de jurado en un caso. Es todo lo que sé.

—Pero apenas se fue ayer —sintió que algo se rompía dentro de ella.

Raúl frunció el entrecejo.

—Estoy seguro de que te verá tan pronto regrese.

—Por supuesto —dijo ella, haciendo un esfuerzo por salvaguardar su dignidad—. Gracias, Raúl. ¿Te importaría darle un recado de mi parte?

—Claro.

Josefina agarró su pluma y garabateó una nota en una de las hojas. Recogió con delicadeza la hoja, la dobló a la mitad, la metió en un sobre con el mismo membrete y se la entregó.

Raúl la metió en el bolsillo de su camisa.

—Ahí está el empleado del taller de Tino con tu coche. Me tenía que alcanzar aquí, porque tengo que llevarlo de regreso.

—Comprendo —dijo ella al levantarse.

—Bueno, pues cuídate —le dijo él al abrazarla.

Regresó un momento después con sus llaves.

Ella forzó una sonrisa y meneó la mano en son de despedida.

Un momento después, caminó a la ventana y miró hacia afuera a tiempo para ver que Raúl se subía a su coche. Por un segundo pensó que el hombre que trajo su coche se había equivocado. El coche se parecía nuevo. A pesar de estar reparado, tenía una nueva capa de pintura roja brillante.

Desvió su atención hacia el cielo. Había una bruma extraña afuera. Las nubes estaban oscuras, y unas gotas de lluvia cayeron en el cristal de la ventana, surcando el polvo.

Recogió los vasos de té de la mesa y los llevó a la cocina. Al regresar, recogió su papel membretado de la mesa.

Aguantó su llanto hasta que llegó a su habitación. Algo muy doloroso se le desgarró. Se había enamorado de él. Nada cambiaría eso. Pero el amor, para ella, había resultado ser esquivo.

Abrió su cajón para depositar la factura en su interior. Mientras que ella había estado pensando en él, y no hubo ni un solo día en que no pensara en él, Rafael había estado planeando el gran insulto.

Su mensaje había sido muy claro. El hecho de que no lo hubiera traído personalmente era aún más doloroso. Él había pagado su cuenta porque significaba que tendría su coche y ya podría marcharse. Y por supuesto, ella le había dicho una y otra vez que tan pronto pudiera pagar la reparación de su coche, se marcharía del pueblo.

Había comprendido el mensaje clara y fuertemente. Él quería que se marchara. ¿Cómo podía ser tan cruel? ¿No le debía por lo menos una llamada telefónica?

Meneó la cabeza. La triste verdad era que no, no le debía nada. Ella era la que se había atrapado en un callejón emocional sin salida.

Josefina fue a sentarse sobre la cama. Se cubrió la cara con las manos y lloró. Una vez que empezaron a fluir las lágrimas, no las pudo detener. Todo el dolor reprimido de todo un año fluyó libremente, y casi la ahogaba.

La triste verdad era que no habían garantías en la vida.

Pero por lo menos pudo haberse despedido de ella.

Rafael desdobló la nota y miró los garabatos femeninos de Josefina que decían: *tú ganas.* Hizo una mueca de dolor. ¿Qué significaba eso? Al recorrer las manos por el cabello, estudió de nuevo el mensaje. ¿Qué había ganado? ¿Qué demonios sucedía? De haberse dado cuenta de que iba a ausentarse durante toda la semana, entonces le habría dado la noticia antes de ahora. Por eso había enviado a Raúl, antes de que Tino o alguien más se lo fuera a decir.

—¿Qué es lo que dijo? —le preguntó Rafael a su hermano.

—Se portó un poco extraña.

—¿De qué manera la viste extraña? ¿Le dijiste lo que te dije que le dijeras?

—Palabra por palabra. Pero tengo que decirte, hermano, que pareció algo molesta porque no le entregaste el mensaje tú mismo.

—Sí. Pero esperé que regresaras dos días antes.

Rafael se encogió de hombros.

—Fue inevitable. Y para colmo, Elena está enferma. De hecho, tengo que volver a la casa. Veré a Josefina más tarde.

—Sería una buena idea. Nos vemos más tarde.

Cuando Rafael regresó a la casa, no pudo evitar preocuparse por la enfermedad de Elena. Padecía de bronquitis, y por su avanzada edad tenía que cuidarse de que no le diera una pulmonía. Ya la había tenido antes.

Rafael frotaba el ala de su sombrero que sostenía en

las manos. Consuelo estaba sentada en una silla al lado de la cama de Elena.

—Verdaderamente me siento mucho mejor —dijo Elena.

Consuelo se inclinó hacia adelante.

—Sugiero que descanses. Yo me quedaré contigo mientras me necesites.

—¿Y quién va a manejar tu restaurante? Tienes que estar ahí.

—Cierro los lunes, así que no te preocupes.

Rafael suspiró. Tan pronto había llegado, había querido ir con Josefina, pero la fiebre de Elena había empeorado. Aunque hubiera terminado su matrimonio, todavía amaba y respetaba a sus suegros. Eso jamás había cambiado.

Elena tosió un poco.

—La tormenta está cada vez peor. Deberías haberla traído tanto a ella como a Miguel. Me preocupo por ellos.

Consuelo se encogió de hombros.

—Josefina me dijo que esperaba una llamada de sus padres. Eso fue ayer —subió la mirada hacia Rafael—. Creo que ha decidido marcharse del pueblo. Si es que no se marchó ya.

Rafael sintió un extraño presentimiento respecto a esta tormenta. Miró por la ventana a la lluvia. Como siempre, él había arruinado las cosas. Debería haber ido a verla. Pero ella lo había asustado. Se había convertido en una parte necesaria de su vida. Él no había contado con que ella pudiera serle tan importante. Había decidido que no servía como hombre de familia. ¿No había demostrado eso?

Trató de recordar en qué preciso momento se había

enamorado de ella. ¿Cuándo se le había metido en su alma? Con un demonio. Debería haberle revelado sus sentimientos para luego suplicarle que se quedara. ¿Y si era demasiado tarde? ¿Y si estaba ella en alguna parte del camino, atrapada?

La lluvia no daba señas de parar pronto. De hecho, cada vez llovía más fuerte. Él observaba la lluvia golpear la ventana.

Preocupado, regresó al lado de la cama de Elena.

—Debería haberle dicho a Raúl que los trajera para acá —Rafael se sentía muy culpable, por si les fuera a suceder alguna desgracia. Ni siquiera quería pensar en cómo lo afectaría.

Aumentaba su preocupación. Había llegado exactamente como esta tormenta, la que hubo el día en que Stevie había muerto.

Elena alzó la mirada.

—Rafael, ve por ellos. No confío en esta tormenta. Tú sabes lo peligroso que es ese río. Si te apuras, quizás puedas pasar a tiempo.

Había tratado de llamar a Josefina más temprano, pero nadie había contestado. Quizás debería volver a intentarlo.

Atravesó el cuarto para levantar el teléfono. Estaba muerta la línea.

Frunció el ceño. Sólo podía esperar que la tormenta siguiera su curso hasta acabarse.

—Están muertas las líneas telefónicas. Ni siquiera puedo llamar a mi oficina —le dijo a Elena—. Voy a ver si se encuentran bien —y a Consuelo le murmuró—: Espérame aquí. Es más seguro.

* * *

Al principio, el mal tiempo sólo había aumentado la desesperación de Josefina. Ahora al ver una danza de rayos en el cielo, empezaba a apoderarse de ella el pánico. Había estado esperando que se quitara un poco la lluvia para que pudieran marcharse. Ya había empacado la mayor parte de su ropa.

Al doblar una de las camisas de Miguel, la abrazó contra su pecho. ¿Por qué le dolía tanto? Ahora que era libre de marcharse, ¿por qué le parecía tan terrible la idea de hacerlo?

Colocó varias camisas en la pequeña maleta de Miguel. Cayó un rayo cerca y los dos saltaron.

—Eso sonó bastante feo, mamá. Mira, Menudo está nervioso.

Josefina miró por la ventana. Cada vez se veía peor. Esperaba que Consuelo y Elena estuvieran bien.

—¿Mamá?

—¿Sí, hijo?

—¿Por qué tenemos que marcharnos de aquí? Me gusta este lugar.

Josefina tragó en seco para quitar el nudo que se le había formado en la garganta.

—Tú sabías que sólo estaríamos aquí durante un rato, bebé. Nada más hasta poder pagar las reparaciones de mi coche.

—Lo sé, ¿pero no te gusta el pueblo?

—Sí, la verdad es que sí me gusta —Josefina estaba tan deprimida que no pudo terminar de empacar. El día que supo que ya era libre de marcharse se había convertido en uno de los peores de su vida. Ella estaba enamorada de Rafael, pero él no la amaba, y probablemente jamás la había amado. Y la idea de dejar a Consuelo y a algunas otras personas de este pueblo, quienes habían acabado por importarle mucho, le dolía más de lo que se había imaginado. Se había ocupado tanto en protegerse a sí misma, que había perdido de vista la magia y amor que estaba enfrente de sus narices.

Cuánto extrañaría a Consuelo. Extrañaría a todo el mundo.

—Vamos abajo a comer algo —le dijo a Miguel. Le urgía hacer algo para no volverse loca.

—¿No podríamos quedarnos un rato más?

Josefina extendió la mano para tocarle la mejilla.

—Sí, mi vida, podemos quedarnos un rato más.

Ella preparó unas ensaladas para los dos. Las luces empezaban a apagarse y prenderse y Josefina pensó que era aconsejable no prender la estufa.

Durante toda la comida, Josefina siguió ansiosa. Al mirar por la puerta trasera, el miedo le agarró el corazón como si fuera una mano fría.

Estaba subiendo mucho el río.

—Creo que deberíamos irnos a algún lugar más alto —dijo, más a sí misma que a Miguel—. El lugar más cercano es el juzgado. Tengo algo de tu ropa empacada. Yo me llevaré sólo unas cuantas cosas y regresaremos por más después —*siempre y cuando no estén bajo el agua*, pensó.

A la hora de llegar a la puerta, la lluvia golpeaba sin piedad al edificio. Los árboles se doblaban. Una vez más, Josefina deseo que Consuelo estuviera bien. Había intentado llamarla más temprano, pero no tuvo suerte.

—Miguel, sería mejor si te esperas aquí. Voy a poner estas cosas en el coche. Luego traeré el coche tan cerca como pueda.

—Sí, mami.

Justo al abrir la puerta Josefina, otro rayo cayó, que cayó aún más cerca esta vez. Josefina tembló. La lluvia caía con la fuerza de piedras contra la puerta y las ventanas.

—¡Menudo! —gritó Miguel.

Josefina volteó justo a tiempo para ver que Menudo corría por la puerta.

—Mamá, Menudo está aterrado. Tengo que ir por él.

Josefina meneó la cabeza.

—No, es demasiado peligroso. Menudo regresará tan pronto se de cuenta de que estaría más seco aquí adentro.

—Pero se perderá. Por favor, mamá, tenemos que rescatarlo.

Antes de que Josefina pudiera impedírselo, Miguel había corrido para afuera.

—Miguel, ¡regresa! —gritó.

Josefina reconoció que era inútil. Se movió hacia adelante.

Afuera, tembló al echarse a correr tras de Miguel. En pocos minutos se había empapado su ropa. Parpadeó para tratar de mirar por donde caminaba, pero no pudo ver nada más allá de la cortina grisácea de lluvia que golpeaba su cuerpo.

—¡Miguel! —gritó, pero era inútil. O no la podía oír o se negaba a hacerlo.

Ella se sintió terriblemente impotente. ¿Dónde estaba? No lo veía por ninguna parte. Inclinó la cabeza de lado, tratando de oír cualquier ruido que la ayudara a encontrar a Miguel. Llevaba un pantalón color beige con una camisa del mismo color. Sería muy difícil verlo con toda la lluvia.

El río ya se había desbordado, y Josefina sintió terror.

Inclinó la cabeza de lado para volver a escuchar lo que fuera. Luego lo oyó. Muy débil al principio y luego más fuerte. Era el ladrido de un perro.

Caminó tan rápido como pudo por la lluvia. Frecuentemente alzaba la mano para limpiarse la lluvia de sus párpados.

De repente vio a Miguel adelante de ella. Estaba corriendo tras el perro, que estaba ladrando aunque el ruido estaba amortiguado.

Caía la oscuridad de la noche, y Josefina se detuvo para orientarse. Alcanzaba a ver el río, y pudo escuchar la corriente y los remolinos al pasar. El río parecía enorme y negro ahora, con el agua que se desbordaba por la orilla. Se apoderó de ella el pánico, y Josefina vio que el agua empezaba a arremolinarse alrededor de ellos. Jadeando por el miedo, le gritó de nuevo.

Durante un momento, la lluvia se detuvo, y en ese mismo instante Josefina descubrió a Miguel, quien levantaba a Menudo en ese momento.

—¡Miguel!

Él volteó, la vio y empezó a correr hacia ella.

—¡No, Miguel! ¡No corras!

Pero el niño no la escuchaba. Como si fuera en cámara lenta, ella lo miró aterrorizada mientras Miguel se tropezó peligrosamente cerca del río.

—¡Dios! ¡No! —empezó a llorar.

Entonces escuchó que alguien pronunciara su nombre y volteó.

Era Rafael. *¡Gracias a Dios!*

Cuando Rafael alcanzó a Josefina, el río había llegado al borde y ya empezaba a correr hacia la tierra. Se había estacionado en el lado opuesto de la calle, y miraba en la dirección de donde había estado corriendo Josefina.

Se quedó sofocado por el nudo que se había formado en su garganta. Algo terrible surgió en su interior y le agarró el corazón. Era el miedo. Durante un momento se quedó paralizado. *Déjà vu*. Era como si el tiempo se regresara al momento dos años antes, y como si su hijo volviera a morir de nuevo.

Se quedó mirando inútilmente mientras Miguel se sostenía de una rama de un árbol con una mano y sostenía a Menudo con la otra.

También miraba su propia y peor pesadilla.

Empezó a caminar hacia adelante, y gritaba al mismo tiempo.

—¡Agárrate bien, hijo, voy por ti!

Josefina corría también.

Llegaron con Miguel al mismo tiempo.

—Josefina, agarra al perro.

Al agacharse Josefina para levantar a Menudo, Rafael trató de agarrar a Miguel.

Y luego sucedió algo. En esa fracción de segundo entre que Josefina agarraba al perro y la mano de Rafael se extendía para salvar a Miguel, Rafael se tropezó en el lodo y se cayó. Al pensar que Rafael ya lo sostenía, Miguel soltó la rama y se deslizó lateralmente y se detuvo justo con la mitad de su cuerpo en la orilla, y la mitad en el río.

El grito chillante de Josefina llenó el aire.

¡No! La mente de Rafael gritaba con angustia. Una erupción de odio volcánico se escapó de sus labios al gritar:

—¡Maldito seas! —pero sólo él supo si maldecía a Dios o al río del Diablo o a los dos.

Sólo habían pasado un par de segundos, pero a Rafael le parecieron una eternidad. Con la velocidad de un rayo, extendió la mano y agarró a Miguel por el puño de su camisa y se aferró a él con toda su fuerza y con todo el amor que había sentido por Stevie y que ahora sentía por este niño. Rafael no supo si era la lluvia o las lágrimas que lo cegaban. Su mente sólo registraba una cosa. No había logrado salvar a su hijo, pero primero moriría en el intento antes que perder a otro niño.

Estaban empapados. Miguel estaba temblando tanto que sus dientes chasqueaban. Menudo estaba temblando también y ladraba chillantemente.

Antes de llegar al restaurante, la lluvia había lavado todo el lodo de los tres.

Una vez en el interior, Josefina abrazó fuertemente a Miguel.

—Dios, bebé, soy tan feliz de saberte sano y salvo. Dios, ¡cuánto te amo! —ella estaba temblando tanto que supo que Miguel lo sentía.

—Estoy bien, mami. Por favor, deja de llorar.

—Tenemos que cambiarnos la ropa —dijo Josefina.

—No hay tiempo —le dijo Rafael—. Nada más agarra lo que necesites. Tenemos que llegar a algún lugar más elevado. Tenemos que apurarnos, Josefina. El río está subiendo muy rápido.

—Está bien. Sólo déjame traer un par de toallas y una cobija.

Josefina corrió escaleras arriba y bajó sus maletas.

—Vamos a mi casa —dijo Rafael. Es suficientemente alto, pero tenemos que darnos prisa. Yo llevaré las maletas. Luego regresaré por ti y por Miguel.

Regresó de prisa un momento después.

—Estacioné el coche lo más cerca posible de la puerta. Tú agarra a Menudo y yo cargaré a Miguel. ¡Vamos!

Todos corrieron al coche.

Hicieron el viaje a la casa de Rafael en silencio. La lluvia que golpeaba el parabrisas hacía más difícil ver el camino. Hubo un momento en que se apagó el motor del coche, pero Rafael lo había vuelto a arrancar.

Josefina respiró aliviada al llegar sanos y salvos a la casa de Rafael. Todos estaban temblando. Gracias a Dios por los garajes adyacentes. Por lo menos no tendrían que correr bajo la lluvia.

Rafael los llevó a una recámara en la parte posterior de la casa...un cuarto de niño. Tenía que haber sido el cuarto de Stevie.

Rafael colocó la maleta de Miguel sobre una silla.

—Tengo unas linternas y unas velas en la cocina en caso de que las necesitemos.

—Primero, vamos a cambiarte esa ropa mojada.

—¿Voy a dormir en este cuarto, mami?

—¿Te gustaría hacerlo? —le preguntó Rafael desde atrás.

Miguel asintió con la cabeza.

—Tendrás tu propio baño, y hay más ropa en el closet.

—¿Ropa?

—Jamás he tirado nada.

Ya secos y todos con ropa fresca, Josefina se arrodilló frente a Miguel.

—Mi vida, mami estaba muy asustada. Por favor, no vuelvas a escaparte de mí jamás —lo abrazó por sus pequeños hombros—. No podría soportar que algo te fuera a suceder.

A Miguel se le quebrantó la voz.

—Estuve muy asustado.

—Yo sé, mi vida. Todos tuvimos mucho miedo. ¿Quieres que me quede contigo hasta que te duermas?

Asintió con la cabeza con ojos soñolientos. El percance lo había fatigado.

Más tarde, mientras Miguel se dormía, Rafael se acercó a Josefina y la abrazó para atraerla hacia él.

Ella descansó la cabeza sobre su pecho y suspiró.

—Gracias a Dios que llegaste a tiempo —se hizo para atrás y alzó la mirada hacia él—. Gracias, Rafael por salvar a mi hijo —se quebrantó en llanto. Detestaba la idea de llorar delante de él, pero no lo pudo evitar.

—Está bien, mi vida. Todo saldrá bien. Vamos a la sala para no despertar a Miguel.

Ella lo siguió por el pasillo. Al llegar a la sala, la abrazó.

—Rafael —susurró ella—. Te debo mucho —trató de limpiar las lágrimas de su mejilla—. Siempre llegas cuando más te necesitamos.

—Y tú estás aquí cuando más te necesito —murmuró en voz baja—. Temía tanto que te hubieras marchado del pueblo —recordó su urgencia de llegar con ellos—. Josefina, allá, esta tarde, fue como si sucediera de nuevo lo de Stevie.

—Lo sé —susurró ella—. Siento mucho lo de Stevie.

—Estaba preocupado por ti y por Miguel. ¿No recibiste mi mensaje?

—Ah, sí —empezó a sentir aquel dolor de nuevo.

Él frunció el entrecejo.

—¿Qué exactamente te dijo Raúl?

—Que ya estaba libre. Y luego me entregó la factura —las lágrimas le ardían por atrás de sus párpados, y por pura fuerza de voluntad pudo controlar su llanto. Se negaba a permitir que este hombre viera cuánto la había lastimado.

—Josefina, hasta a mí me suena sospechoso eso. Cuando yo encuentre a Raúl, querrá cambiarse a Chicago con nuestro hermano menor.

Josefina estaba confundida.

—¿Qué es lo que estás diciendo?

—Estaba esperando que cambiaras de opinión y que no te fueras, Josefina —la miró profundamente a los ojos.

—Pensé que hacía lo que tú querías. ¿Por la nota que me enviaste? Lo único que tenías que hacer era decírmelo, Rafael. Me habría marchado de todos modos.

—¿Decirte qué? ¿Que te amo?

—Que querías deshacerte de mí... ¿qué me qué?

—¡Que te amo! Me habría gustado decírtelo bajo mejores circunstancias, pero... —se encogió de hombros.

—¿Entonces por qué me enviaste la nota para decirme que podía marcharme?

—No es lo que dije.

—Pensé que por eso habías pagado la cuenta. Al decirme que mi coche estaba arreglado y que ya era libre para irme. Sin ataduras, sin compromisos, sin nada.

—Si te hubieras ido, yo te habría seguido. Además, no pagué tu deuda.

—Pero Raúl dijo que la pagaste.

—No, Raúl te dijo que dije que estaba ya pagada la cuenta.

—¿Tratas de ser chistoso?

—No. Es que se suponía que tenía que ser un secreto. Mira, querida, Raúl no dijo que yo había pagado la cuenta. Dijo que yo le había dicho que *la cuenta* estaba pagada. ¿Comprendes?

—Creo que estoy confundida. Entonces, si no la pagaste tú, ¿quién la pagó?

—Pues, yo de cierto modo, pero...

—Rafael, me estás confundiendo. ¿Lo pagaste tú o no lo pagaste?

Rafael suspiró.

—No puedo decirte nada por el momento. El mensaje que Raúl tenía que entregarte decía que se había pagado tu cuenta y que me esperaras.

—¿Quién pagó la cuenta, Rafael?

—Ya veo que no voy a poder descansar un solo momento hasta que te lo diga —le sonrió—. El pueblo lo pagó. También quisieron darte la surpresa del trabajo de pintura.

—¿El pueblo?

La abrazó de nuevo.

—Sí, mujer imposible. ¿No oíste lo que dije hace un momento? Te amo.

Ella le sonrió.

—Vamos a dejar lo del pueblo un momento. ¿Qué decías respecto al amor? —giró entre sus brazos y lo miró a sus ojos tan hermosos.

—Josefina, mi amada amante. Yo te ofrezco mi corazón y mi alma y todo el paquete íntegro de lo que soy, Josefina. No puedo perderte ahora —la miró profundamente a los ojos y susurró—. Después de ti, Josefina, no hay nada. Ni sol ni madrugada.

Sus palabras fueron tan sinceras, y con cada palabra el corazón de ella dejaba de latir por un instante. *Después de ti, Josefina, no hay nada; ni sol ni madrugada.*

Se formaron unas lágrimas en las esquinas de sus

ojos y se le hinchó el corazón. Él le estaba diciendo todo lo que había anhelado escuchar en esa sola frase.

—No ha pasado ni un solo día en que no haya pensado en ti —confesó él.

Se inclinó para darle un beso. Al alzar la cabeza de nuevo, le repitió las palabras.

—Te amo. Te necesito.

A pesar de las lágrimas que ya corrían libremente por sus mejillas, sonrió alegremente.

—¿Te casarás conmigo? —le dijo suavemente.

—Mami, tuve una pesadilla.

Los dos voltearon y descubrieron a Miguel en el cuarto.

—Ay, mi vida, cuánto lo siento —susurró Josefina.

—Ven acá, amiguito —dijo Rafael, y lo abrazó con un brazo. Su brazo libre abrazaba a Josefina.

Mientras abrazaba a las dos personas que más amaba en el mundo, susurró a Josefina.

—Hasta que llegaste a mi vida, querida, he sido sólo mitad hombre. Los necesito a ustedes dos en mi vida. ¿Te casas conmigo?

Josefina lo miró, y sus ojos reflejaron el amor que sentía por él. Miró de nuevo a Miguel.

—¿Qué opinas tú, Miguel? ¿Deberíamos casarnos con él?

Miguel sonrió.

—¿Puede asistir Menudo a la boda?

—Por supuesto —dijo Rafael, y todos se rieron.

Mucho más tarde, después de que Miguel se volviera a dormir con Menudo descansando a sus pies, Rafael miró profundamente a los ojos de Josefina, y le ofreció matrimonio de nuevo.

—Sí, me casaré contigo, mi amor —lloró Josefina.

Justo antes de posar sus labios sobre los labios de ella, Rafael susurró.

—Entonces abrázame fuerte, querida. Abrázame fuerte. Porque no voy a soltarte ni una vez más.

El corazón de Josefina emprendió vuelo. Sintió una increíblemente dulce sensación de que por fin había encontrado un verdadero hogar.

Epílogo

—Sólo por tu boda haría yo un sacrificio de ese tamaño, y que conste que fui yo misma que lo dije.

—Absolutamente no, Consuelo. No quiero que cambies nada por mí. Yo opino que un cinturón rojo le quedará muy bien al vestido de mi madrina de boda. No creo que se vea nada mal con el color de durazno del vestido.

Consuelo echó la cabeza hacia atrás y se rió.

—Amiga, el rojo va de maravilla con todo. Entonces nos apegaremos al plan —castañeteó los dedos—. Espérate un momento, un cinturón morado podría quedar áun mejor.

—Consuelo, creo que necesitas unas vacaciones —le dijo Josefina.

—Quizás. Sólo que me veo tan fea con esos colores tan muertos, pero como tú quieras. Después de todo, es tu boda.

Josefina entrecerró los ojos y reconoció perfectamente que con respecto a Consuelo, ella haría lo que fuera.

—¿No se ha demorado mucho Rafael?

Josefina negó con la cabeza.

—Tuvo que hacer una llamada.

Josefina sonrió.

—Tardamos bastante en juntarlos a ustedes dos.

—¿Cuándo supiste? —preguntó Josefina.

—¿Cuándo supimos que ustedes dos estaban destinados a estar juntos?

—Sí.

—El día que te conocí. En el hospital, cuando Rafael fue a tu cuarto.

—¿Tanto así? —Josefina pareció realmente sorprendida.

—Había cierto brillo en los ojos de Rafael que yo jamás había visto antes. Todo el pueblo lo supo.

—¿Cómo?

—Por aquí, todo el mundo quiere mucho a tu novio. Era obvio para todos, especialmente durante la fiesta.

En ese momento, Rafael y Ben entraron y se sentaron con ellas.

Rafael se inclinó y la besó, y sus ojos le decían que hubiera preferido estar a solas con ella.

—Estábamos hablando de ti, querido.

—Hmmm. ¿Dijeron algo que valga la pena repetir? —se acercó para inhalar la fragancia que expedía su cabello.

—Quizás.

Rafael echó una mirada a Josefina.

—Bueno, pues, ¿ya decidiste dónde quieres que pasemos nuestra luna de miel?

—No. ¿Y tú?

Consuelo interrumpió lo que pensó que seguramente sería una discusión muy aburrida.

—A propósito, dado que yo soy la madrina, ¿puedo suponer que Raúl será el padrino?

Rafael meneó la cabeza.

—No, Ramón será el padrino.

Los ojos de Consuelo se cerraron.

—¿Y sabe él que yo soy la madrina?

—Todavía no —contestó Josefina.

Consuelo desvió la mirada durante un momento, como si recordara algo muy desagradable.

—Quizás deberían decirle antes de la boda.

—¿Por qué? —preguntó Josefina.

—Amiga, Ramón y yo no soportamos estar juntos en el mismo cuarto.

Ben estaba tan cerca que escuchó sus palabras, y gritó.

—Entonces me parece que será una boda muy interesante.

Josefina gimió y susurró:

—¿Qué vamos a hacer, Rafael?

—¿Qué sugieres que hagamos? ¿Buscar a otra madrina?

—¡Jamás!

—Entonces nos casaremos lo más rápido posible para dejarlos que se arreglen solitos.

Josefina le sonrió.

—Por lo menos sabré que Miguel estará en buenas manos.

—Claro. Estará con Consuelo y con el resto de sus tías y tíos adoptivos, y todos estarán dedicados a que la pase muy bien.

—Lo sé. Cuando hablé con Lorenzo, pensó que Miguel estaría mejor aquí porque se supone que su esposa tendrá el bebé aproximadamente en esas fechas.

—Hablando de bebés —dijo en esa voz rasposa que tanto le gustaba a ella.

Josefina bajó su tono de voz, emulando el tono de Rafael.

—Estoy ansiosa de tener más hijos, especialmente si se parecen a ti.

Él se rió.

—Yo preferiría que se parecieran a ti.

Josefina levantó su refresco.

—Me sorprende que digas eso, especialmente en vista de que siempre me ves en mis peores momentos.

—Si éste es tu peor momento, mi dulce Josefina, entonces no sé si quiera verte en tu mejor momento. No creo que un corazón como el mío soporte tanto —bromeó.

Consuelo se levantó para marcharse.

—Bueno, Josefina, parece que lograste llegar a tu destino correcto.

—¿Cuál es ese destino?

—Amor.

Un adelanto de

JUGANDO CON CANDELA

Por Diane Escalera

Un romance Encanto

¡A la venta en enero!

JUGANDO CON CANDELA

Un trueno resonó extendiéndose por todo el cielo. Le siguió una descarga de luz que iluminó el transparente y mojado vestido de noche que se adhería como una segunda piel al desnudo cuerpo de Mia. De no ser por la serpenteante luz que cruzaba por encima de ella, la inquietante calle estaría completamente a oscuras. Moviéndose lentamente, giró la cabeza a uno y otro lado en busca de algún signo de vida. El agua le chorreaba por los ojos. Descalza y de pie en la curva de una carretera, sin saber donde se encontraba, Mia se sintió paralizada por el miedo. Estaba completamente sola.

Los fuertes latidos de su corazón acompañaban el cielo borrascoso. Se pasó las manos por el pecho; sus pezones estaban endurecidos por la tela fría. A lo lejos, escuchó el débil sonido de un motor en marcha. Cuanto más se acercaba, con mayor nitidez distinguía el rugido. Mia analizó nerviosamente la calle, en busca de un sitio donde esconderse, pero los siniestros edificios que la bordeaban estaban rodeados de altas vallas de madera.

De la nada apareció una moto y frenó frente a ella. Nerviosa, se frotó los ojos, tratando de enjugarse el agua e intentó dar un paso hacia atrás. Sus pies no le respondieron. Se sentía paralizada de la cintura para abajo. Una *esbelta figura masculina, vestida de negro de la cabeza a los pies, se bajó de la moto y lánguidamente se quitó el casco negro y brillante. El corazón de Mia latía salvajemente. Nuevamente intentó correr, pero tampoco esta vez pudo hacerlo. El misterioso hombre apoyó el casco. Con un dedo de su mano, cubierta por un guante, le apartó a Mia delicadamente de la cara unos mechones de cabello.*

Mia sintió menos terror del que debería de haber sentido y lo miró para verle la cara. Sofocó un grito. Dos brillantes ojos azules se volvieron hacia ella. El resto de sus rasgos permanecían a oscuras. Parecía más bien la sombra de un hombre hasta que Mia sintió su boca que se agarraba a uno de sus pezones apenas cubiertos. Aunque pareciera mentira, ella no lo rechazó. Es más, trató de acercar aún más su cabeza a su pecho, pero sus manos pasaron a través de él.

No pudo emitir ningún sonido cuando intentó gritar. La boca del hombre pasó al otro pecho, y ella pudo sentir la fricción de su lengua moviéndose, tentadora, en la punta endurecida de su pezón. Su cuerpo empapado por la lluvia sintió una descarga de pánico y de placer. Él deslizó su mano revestida de cuero por debajo del vestido de Mia y se lo subió hasta la cintura, dejando al descubierto su cuerpo desnudo. Él miró hacia arriba y sus ojos color zafiro se clavaron en los suyos. Su mano bajó por su abdomen, para descender lentamente y pararse entre las piernas de ella.

Bip... bip. Mia manoteó el despertador que con su pitido la arrancó de aquel profundo sueño. Refunduñando, le echó un vistazo al reloj para ver la hora y se tapó la cabeza con el suave acolchado color marfil. Lexi, su adorable perrita, saltó encima de la cama, y moviendo el hocico, tiró del edredón. Mia la acarició.

—Buenos días, cariño. ¿Cómo ha amanecido hoy mi preciosa? —dijo, acariciando con fuerza el dorado pelo del animal en sus partes preferidas. Lexi respondió con gran profusión de húmedos besitos.

—Supongo que ya estoy despierta ahora —dijo Mia refregándole el hocico con la nariz.

Recordando el siniestro sueño, Mia estiró las piernas de mala gana hasta el borde de la cama. Bostezando, se estiró mientras miraba la habitación de la que más orgullosa se sentía. Tenues rayos de sol entraban a través de las cortinas de seda, reflejándose en el dormitorio de muebles de pino, embellecidos con piezas de metal repujado en forma de hojas. Las velas aromáticas de colores suaves, de diferentes tamaños y formas, colocadas en bonitos platos de cristal, esparcían su perfume por toda la habitación. Un ramo de rosas amarillas descansaba junto a la única lámpara de noche, munida de una sólida base de bronce; almohadones tapizados adornaban la intrincada cabecera de la cama. Era encantadora, y sólo le faltaba una cosa. Un amante.

Con Lexi que regresaba en busca de más mimos, Mia se puso de pie. Mientras se encaminaba lentamente hacia el cuarto de baño, de repente sonó el teléfono y se sobresaltó. —Caray, esta casa parece una oficina hoy —dijo para sí mientras iba a atender el teléfono—. ¿Sí? —gruñó en el tubo.

—Buenos días, cariño —dijo la cálida voz masculina—. —Sólo quería estar seguro de que estuvieras despierta.

—Sí, estoy despierta, gracias al despertador, a Lexi y a ti —respondió Mia con un dejo de sarcasmo. John ya sabía que ella no era lo que se dice una persona diurna. Suavizando el tono de voz, ella continuó diciendo: —Pero no es por esto que llamas, ¿verdad?

—Así es. Quería asegurarme de que te sintieras segura con el caso. ¿Tenemos que repasar el plan antes de empezar?

—No, no creo. Lo único es que me sentiría más cómoda si pudiera llevar pantalones. Ya sabes que las faldas y yo...—dijo observando sus piernas desnudas, aunque en realidad no tenían nada malo.

—Lo mismo vale para mí, cariño. Pero está claro que a ti te quedan mejor las faldas.

—Supongo que sí —dijo Mia, riendo al pensar en John con minifalda—. Hablamos más tarde y te mantengo informado de cómo van las cosas.

Mia sabía que John se preocupaba cada vez que empezaban un nuevo caso. No porque ella tuviera problemas para desenvolverse. De hecho era mucho mejor que muchos de los hombres con los que él había trabajado. Mia no dejaba nunca nada pendiente y analizaba todos y cada uno de los detalles con ojo aguzado. Tenía una verdadera pasión por su trabajo y se sentía completamente comprometida con cada nuevo encargo que aceptaban. Siendo sumamente organizada y meticulosa, no se detenía nunca hasta no acabar por completo un encargo. Y lo terminaba bien. Según John, ella sería siempre la jovencita de la que se ocuparía siempre por una promesa. Aquel día lo obsesionaría hasta el final de su vida.

Después de ducharse, Mia recogió su melena color caoba, que le llegaba a los hombros, en un prolijo rodete. Prefería usar un estilo natural, con muy poco maquillaje, pero esta vez decidió llevar un poco más de color que de costumbre. Con un pincel se puso un poco de sombra color cacao sobre los párpados, trazó una fina línea negra pegada a las pestañas, que definían y resaltaban sus preciosos ojos marrones. Luego, movió varias veces el cepillito aplicador en el bote de rímel, y acarició suavemente con él sus largas y tupidas pestañas. Colocó una ligera capa de color rosa oscuro sobre sus bronceadas mejillas y finalmente cubrió sus voluptuosos labios con un lápiz color rojo.

Mientras tanto, Lexi miraba curiosa como Mia se ponía las medias de seda, sacudiendo la cabeza cuando su dueña dejaba escapar alguna exclamación. Escogió un simple saco azul marino. La chaqueta tenía un corte muy femenino que acentuaba su delgado talle. La falda no era demasiado corta, pero dejaba al descubierto sus piernas lo suficiente como para llamar la atención de cualquier hombre. La combinó con una camisa de seda color crema, y unos zapatos de tacón de charol negro que se veían más serios que sexy.

Parada frente a su espejo de cuerpo entero, Mia observó su figura que se veía diferente de la habitual, acostumbrada como estaba a llevar vaqueros y una camiseta. Se analizó de frente, de perfil y por detrás, tirando y aflojando cada prenda hasta que todo le pareció perfecto.

—Ya es hora, Lexi. ¿Estoy bien así o no? —le dijo a su perrita, cruza de labrador. Luego se despidió soplándole un beso en el aire mientras se encaminaba hacia la puerta.

El cielo estaba azul y completamente despejado; el sol enceguecedor brillaba en todo su esplendor. La humedad típica de Florida, tan densa como un caldo, perló inmediatamente de gotitas de sudor la frente y los labios de Mia. Con el aire acondicionado puesto al máximo, Mia conducía con suma seguridad su vehículo por las estrechas calles de Palm Beach, un barrio que conocía al dedillo. Vislumbró la entrada del parking del banco, y avanzó a través de las infinitas curvas hasta que encontró un lugar libre para estacionar.

Por ahora todo eso formaba parte de la rutina, pero al mismo tiempo sentía la adrenalina que le subía. Se miró una vez más en el espejo y frotó con fuerza un diente manchado con un poco de lápiz de labios.

—Muy bien, Mia, ya estamos. Recuerda lo que tienes que hacer y no pierdas el control. Camina despacio con estos malditos tacones e intenta no romperte la crisma. Y ahora, preparada para enfrentarte con el chico malo —murmuró para sí, mirando al mismo tiempo a su alrededor para ver que nadie la hubiera visto.

—No cierren el ascensor —gritó Mia, corriendo hacia la puerta, con el riesgo de tropezar con sus propios pies. —Malditos tacones —pensó para sí—. ¿Pueden marcar el tercer piso, por favor?— dijo, temiendo tener que esperar el próximo ascensor. Mia levantó la vista y se encontró con un par de ojos azules, los más increíbles que hubiera visto jamás. Su mente se confundió con las imágenes del sueño.

El ascensor se detuvo suavemente y Mia empezó a moverse con pasos lentos y controlados. Aquellos ojos azules no podían ser de ninguna manera testigos de una torcedura de tobillo, especialmente porque acababa de esgrimir una sonrisa burlona en su cara. Se compuso de inmediato e intentó concentrarse en la tarea que la esperaba. Llegó al sitio, y de repente escuchó una voz profunda que le hablaba a sus espaldas y se sobresaltó. Demasiado, para mantenerse compuesta.

—Hola. ¿Es usted Mia Hartmann?

—Sí, soy yo, —contestó Mia girándose. —Y usted debe ser el señor DeLeon —dijo reconociendo instantáneamente esos increíbles ojos azules. Sus mejillas se sonrojaron. Le tendió la mano para estrechársela, sin pensar que aquel contacto pudiera desatar una verdadera corriente eléctrica que le recorrió todo el brazo. Se apuró a retirar la mano. Parecía demasiado joven para ser vicepresidente, y claramente demasiado guapo.

—Por favor, llámame Emilio, —dijo mostrándole una seductora sonrisa de lado a lado, como si esos ojos no fueran ya suficiente castigo. Él la miró discretamente, fijando su mirada en sus apetitosos labios color cereza.

—Pasa a mi oficina y toma asiento, —le propuso haciéndose a un lado para dejarla pasar.

Ella caminó delante de él y automáticamente su mirada se posó en el movimiento de sus bien moldeadas piernas. —Estoy muy contento de que la agencia haya encontrado a alguien tan pronto, —y tan exótica, pensó para sí—. He estado escribiendo en la computadora, tratando de avanzar con el trabajo, pero la verdad es que no puedo hacer malabares con todo lo que tengo que hacer. No sé exactamente hasta qué punto estás al tanto del trabajo, pero ahora mismo te informaré de algunos detalles—era calmo y seguro, con una voz profunda y dulce. Pelo oscuro y corto peinado hacia atrás, con un jopo un poco despeinado que hacía resaltar enormemente sus brillantes ojos azules. Era todo un seductor—. Lo primero es lo primero. ¿Qué tal un café?

—No es mala idea. Dime dónde y voy a buscar para los dos —dijo Mia agradecida por la interrupción. Los acelerados latidos de su corazón resonaron en sus oídos.

—Vayamos juntos, y de paso te muestro el lugar.

—De acuerdo —contestó Mia despreocupadamente, aunque hubiera dado cualquier cosa por estar un momento sola. ¿Por qué estaba perdiendo el control? Eso no era muy de ella. Nunca había tenido problemas para concentrarse en una investigación. Caray, pero si ése era uno de sus puntos fuertes. ¿Qué era lo que hacía tan distinto este caso? Mejor dicho, quién. Los delincuentes no tenían derecho a ser tan guapos. La tomó completamente desprevenida. Había conocido a muchos hombres atractivos, pero ninguno le había despertado una auténtica tormenta con un simple apretón de manos.

Las oficinas del banco ocupaban toda la tercera planta del gigantesco edificio de vidrio negro, conocido como Darth Vader. Era elegante, con una vista fantástica sobre el centro de la ciudad desde todos y cada uno de sus ángulos. Tampoco era acartonado como muchas oficinas. El ambiente, cuyas paredes con textura estaban pintadas de color crema, y el suelo cubierto por una moqueta espesa y mullida, resultaba cálido e invitante. Mia se quedó impresionada. Gracias a Dios había hecho un trabajo previo en casa, como siempre antes de empezar un nuevo encargo. Mirando a su alrededor, observó que todo el mundo iba vestido más o menos de la misma manera, incluida ella misma.

—Hay una última persona que quiero que conozcas —dijo Emilio, llevándola hacia el amplio rincón de una oficina—. Hola, chico. ¿Qué tal? dijo saludando a un hombre corpulento que estaba erguido en su asiento. Se saludaron dándose un golpecito con las palmas de las manos—. Jeremy, ésta es Mia. Trabajará aquí hasta que contrate a una secretaria definitiva.

—Hola Mia. Encantado de conocerte —respondió Jeremy, extendiéndole una mano que era dos veces más grande que la suya. Mia lo miró y dio una paso hacia atrás.

—No te asustes. Perro que ladra no muerde —advirtió Emilio pasándole un brazo por los hombros.

—Está bien —dijo Mia sonriendo— el placer es mío.

Por suerte no era a él a quien investigaba. Nadie que estuviera en sus cabales se atrevería a meterse con un tipo de ese tamaño.

—Pues, parece que vas a estar ocupada con éste por un rato. Si te llega a molestar, no tienes más que hacérmelo saber —dijo Jeremy, agarrando la cabeza de Emilio con un brazo. Instantáneamente Mia sintió simpatía por Jeremy que, al igual que Emilio, no se parecía en nada a un típico vicepresidente de empresa.

Una vez finalizado el recorrido, fueron a buscar café y volvieron a la oficina de Emilio.

—Es un lugar muy agradable para trabajar. Todos son muy amables —dijo Mia pasando revista al enorme espacio a su alrededor en un intento de evitar el contacto con él. Cada vez que sus miradas se encontraban, ella sentía que se le retorcía el estómago.

—¿Jeremy y tú son amigos fuera de la oficina?

—En realidad somos compañeros de departamento. Empezamos a compartir la casa y congeniamos enseguida. Debe ser por nuestro retorcido sentido del humor. Empezamos a vivir juntos hace más o menos un año —contestó Emilio, y una vez más su mirada se quedó fija en los labios de Mia—. Nos llevamos bien. Cada uno hace sus cosas, especialmente desde que trabajamos en áreas diferentes.

—¡Qué bien! Bueno y ahora ¿por qué no me cuentas un poco del departamento y sobre lo que hay que hacer? —dijo Mia tratando de mantener la cabeza lúcida. ¿Qué diablos le estaba ocurriendo?

—Superviso las Operaciones de Ahorros que constituye "desde las bambalinas" un apoyo para todas las áreas —explicó fijando su mirada azul en los ojos color café de la mujer. Su estómago dio nuevamente un salto, el doble de fuerte.

Con la barriga hecha un auténtico nudo, se pasó todo el día analizando archivos. No era difícil imaginarse por qué ocupaba aquel cargo. No sólo era un bombón, sino que además era muy inteligente y un buen conocedor del tema bancario. Tratando de concentrarse en todo lo que él le había dicho, a la hora de terminar se sentía totalmente agotada.

—Mia, vayamos a almorzar mañana y así te cuento algunos otros detalles —gritó Emilio desde su alto sillón de cuero color morado. El escritorio de Mia se encontraba justo afuera de su oficina y podía oírlo con claridad removiendo papeles.

—Me parece una buena idea —contestó mientras juntaba sus cosas. Se levantó y se paró en el umbral de la puerta—. ¿Necesitas algo antes de que me vaya?— Además de concentrarse en la investigación, estaba pensando en lo que se pondría al día siguiente.

—Gracias, pero todo está bajo control. Y además, al menos uno de nosotros tiene derecho a llegar a casa a una hora decente —dijo mostrando una seductora sonrisa que competía con sus increíbles ojos. Él la observó detenidamente mientras ella se iba. Preguntó si necesitaba algo. Esos atractivos labios eran un buen comienzo, si a eso se había referido ella con su pregunta. De repente, esperar hasta el día siguiente le pareció una eternidad.

Mia revoleó los zapatos al otro lado de la habitación y se cambió inmediatamente de ropa. Se puso unos gastados pantalones de jean y un top muy corto que le dejaba al descubierto el ombligo adornado con un arito, un recuerdo de cuando cumplió dieciséis años. Lexi esperaba ansiosamente un poco de atención, mientras que Mia se servía un vaso de vino tinto. Después se echó al suelo al lado de Lexi.

—¿Cómo ha estado hoy mi bebé? ¡Te extrañé tanto! —le susurró Mia acariciando la panza de la perrita. Lexi respondió con su habitual ataque de besos.

Mia pensó en Lexi. Si sólo pudiera encontrar a un hombre con las mismas cualidades. Amor incondicional, su mejor amigo, y además que pudiera alimentarlo abriendo una lata de comida. Habían pasado muchos años desde que había encontrado a Lexi, abandonada siendo aún una cachorrita. Para Mia había sido un amor a primera vista, y no le había costado ningún trabajo elegirla entre otros muchos perritos sucios.

Lexi era la compañía ideal para Mia, cuya vida se centraba sobre todo en el trabajo. Sin embargo, tenía la esperanza de que un día las cosas cambiaran, y soñaba a menudo con tener su propia familia. Las lágrimas empezaron a derramarse por sus mejillas cuando pensaba en su infancia. Unos golpes en la puerta la distrajeron de sus pensamientos.

—¿Ha pedido una pizza, señora? —preguntó una voz de hombre y extendió la bandeja frente a Mia.

—Entra, entra, loco. ¿Qué estás haciendo acá? —preguntó la muchacha tomando la caja que le extendía John. Lexi empezó a dar vueltas alrededor de sus piernas; su nariz olía a kilómetros.

—Pensé que tendrías hambre.

—¡Y pensaste bien! —dijo Mia mientras olía la pizza. —Sírvete un vaso de vino —lo invitó, mientras se dirigía a la cocina. Era bastante normal que John se apareciera de sorpresa, especialmente cuando empezaban un trabajo nuevo.

—¿Qué tal te fue y cómo es Emilio? —preguntó John, mordiendo un pedazo de su porción cargada de queso.

—Me fue muy bien. Y finalmente pude mantenerme sobre los tacones —le contestó Mia, riéndose de su torpeza—. Emilio es todo un personaje. Me mostró las oficinas y tengo que admitir que son muy lindas. Tienen todo muy bien montado. Es realmente un lugar de clase. Conocí a su compañero de casa que trabaja en otro departamento. Es un tipo grande como un ropero que se llama Jeremy y que se parece a George Foreman pero con un poco más de pelo —dijo mientras arrancaba un trozo de morrón de su pizza.

—Nos pasamos la mayor parte del día analizando archivos. Emilio me invitó a almorzar mañana, y eso será una buena ocasión para escarbar un poco —un dejo de dulzura se expresó en sus ojos—. Sabes qué, John. Es una pena lo de Emilio —su nombre salió de su boca con total naturalidad—. Parece un buen tipo, con los pies en la tierra. Nada que ver con lo que me esperaba.

—Los peores delincuentes no parecen nuca capaces de hacer lo que hicieron —contestó John sirviéndole a Mia otra porción de pizza—. El Consejo de Administración está convencido de que Emilio está robando. Si no hubiera sido por Richard Walker, a Emilio ya lo habrían arrestado.

John bebió un sorbo de vino. —Las evidencias demuestran que el código de acceso de Emilio fue usado para transferir dinero de la cuenta de la anciana, pero por suerte para él, Walker no lo creyó. El único motivo por el que le están dando a Walker una oportunidad de aclarar el asunto es porque es el presidente del banco. Pero ellos se van a seguir cubriendo sus espaldas y ahí es donde entramos nosotros.

—Sí, ya lo sé —dijo Mia mientras se chupaba un dedo—. Pero ¿por qué crees que habrá usado su código? Es demasiado evidente. ¿Le habrán tendido una trampa? —Mia se puso de pie y recorrió la cocina. Se paró, cerró ligeramente los ojos y dijo—: O quizás cuenta con que todos veamos la estupidez de usar su propio código. Podría ser una estratagema para sacárselos del medio.

—Cada día te pareces más a tu padre, querida. Estaría muy orgulloso de ti —con los ojos vidriosos, John terminó rápidamente el vino que le quedaba en la copa. Se giró hacia la perrita Lexi, sentada a su lado, esperando ansiosamente algún resto de comida—. ¿Por dónde tienes pensado empezar? —preguntó el hombre rompiendo el silencio del momento.

Mia se enjugó una lágrima que se le había escapado. Pensaba a menudo en su padre. Si Danny viviera, estaría en la agencia con John y con Mia. Al igual que para John, el trabajo lo llevaba en la sangre. Por eso L & H era el negocio perfecto. No corrían los mismos peligros que cuando estaban en la policía. Sin embargo, la formación y la experiencia adquiridas en el cuerpo de policía era invalorable para sus investigaciones. Podían correr riesgos a veces, pero al menos nadie les pegaría un tiro sólo por llevar un uniforme.

Después de que mataron a Danny, John abandonó la policía y fundó L & H. Así llamó a su agencia, en memoria de su compañero, ya que esas iniciales representan a Lennox y Hartmann. No se podía siquiera imaginar que años más adelante se asociaría con otro Hartmann.

—Creo que mañana me podré aventurar a hacer otras

preguntas —dijo Mia frunciendo la boca—. Además hay un montón de archivos en el cajón del escritorio y otros en el armario. Ya empecé a examinarlos. Por lo que parece, la ex secretaria era bastante meticulosa y organizada. El próximo punto de la lista es la computadora, en la que empezaré a hurgar una vez que haya acabado con los archivos. ¿Y tú qué piensas de su compañero de casa?

—Manténte amigable con él. Por otra parte, todos son sospechosos por el momento, con lo cual nos puede ser útil para ambos objetivos. Además, fíjate en qué puedes averiguar sobre la antigua secretaria. Según El Consejo de Administración, se marchó de manera abrupta. Voy a controlar algunos nombres en la computadora, a ver si sacamos algo en limpio. John empezó a levantar la mesa, dándole algunos trocitos a la agradecida Lexi.

—Gracias por la cena, John. Nos cuidas mucho. Mira lo contenta que está Lexi —le dijo Mia con una amplia sonrisa.

—De nada, querida. ¿Qué menos puedo hacer? —John se acercó a Mia y le acarició la barbilla. Así era John, siempre detrás de las chicas. Le había prometido a Danny que se ocuparía de Mia cuando ésta tenía diecisiete años, y la quería como a una hija.

Ahora tenía veintinueve. Ella y Lexi habían vivido en la casa de su padre durante un tiempo. Después John la había alquilado, pero cuando Mia acabó la Universidad, volvió a instalarse en su casa. Era una casa simple, ubicada en un barrio de los suburbios habitado por gente de clase media trabajadora. Ocupaba un lote cercado de unos dos mil metros cuadrados, y tenía un porche cubierto en el que había un columpio de madera. El aire traía las risas de los niños, y había juguetes y bicicletas desparramados en los senderos aquí y allá. Los vecinos, aunque eran amables, en general hacían su vida.

Mia solía mecerse en el columpio, en el que cabían fácilmente dos personas, imaginándose cómo sería el tener niños correteando por el jardín. Era una casa grande para una sola persona, pero con ayuda de personal y su propio trabajo, se las arreglaba para mantenerla en condiciones. Mia había hecho incluso algunos arreglitos, gracias a que su padre le había enseñado a usar herramientas. Pintar era el máximo de sus pasatiempos. Había vuelto a pintar cada pared, puerta y ventana del interior de la casa. Esperaba que algún día la habitación de huéspedes se pudiera convertir en el dormitorio de un niño. Incluso ya tenía elegido el color.